14,95

Een ijzersterke jeugd

Tomas Lieske

Een ijzersterke jeugd

Amsterdam · Antwerpen
Em. Querido's Uitgeverij BV
2009

Voor het schrijven van deze novelle ontving de auteur een beurs van het Fonds voor de Letteren.

Omslag Anneke Germers
Omslagfoto August Sander, *Widow with her Sons*, ca. 1921/Die
Photographische Sammlung/SK Stiftung Kultur – August
Sander Archiv, Cologne; Pictoright, Amsterdam, 2009
Foto auteur Vincent Mentzel

isbn 978 90 214 3530 5 / nur 301
www.querido.nl

De lust liet zich niet wegdenken,
tastte iedere triomf aan.

Hella S. Haasse, *De scharlaken stad*

Inhoud

Uit de aantekeningen van dr. S.

1

Ik ben een aimabel mens. Anderen knopen graag gesprekken met mij aan: verzekeringscollega's van vroeger net zo
goed als de kameraden van nu, de makkers van onze partij, de knoepers, zoals wij elkaar soms noemen. Mijn ana-
lyses en mijn uiteenzettingen worden met belangstelling
aangehoord, maar niemand is bang mij zijn mening over
de politiek of over het accepteren van vreemdelingen te
geven. Het soort mensen dat alles haarscherp analyseert
en fileert, maar nooit luistert naar de redeneringen van
anderen: ik hoor er niet bij. Evenmin bij het soort dat
beleefd luistert en nooit een eigen mening prijsgeeft. Ik
ben geen type voor een intieme vriendschap. De mensen moeten elkaar met rust laten. Maar enkele avonden
per week moet men zich kunnen verpozen. Een bier op
zijn tijd, een rustige hoek in een café, met geestverwan-
ten rond een stamtafel of in de zomermaanden aan een
ruwhouten tafel onder de melancholiek zwaaiende lam-
pions: dat zijn de geneugtes waar ieder recht op heeft.
Dan zie ik de vrienden van de partij om me heen. We praten met elkaar, moedigen elkaar aan, we zingen en omarmen elkaar, in deze volgorde en afhankelijk van de geno-
ten hoeveelheid drank.

Ik ben niet getrouwd. In mijn jeugd ben ik verloofd
geweest. Het meisje was niet onaangenaam. Een lief
kind. Erg jong en onervaren. We hebben bijna twee jaar
met elkaar verkeerd en ik moet bekennen dat er geen
kwaad woord tussen ons gevallen is. Zij stelde wel eens
vragen en soms formuleerde zij moeizaam een verzoek,

dat erop neerkwam dat ik mijn kennis en ervaring rijke-
lijk etaleerde, maar dat zij ook haar liefhebberijen had
en dat ik daar heus wat meer belangstelling voor kon tonen. Met tegenzin zette ik mij de volgende zondag aan
het bewonderen van haar verzameling filmsterren of ik
luisterde naar haar terwijl zij vals en zonder enig gevoel
voor ritme haar sentimentele schlagers zong. Zij verzon
koosnamen waar ik mijzelf onmogelijk in kon herkennen. Zo heeft zij mij een tijd lang 'Apebaukert' genoemd.
Op mijn herhaalde vraag wat dat woord in godsnaam betekende, kwam slechts een stiekem lachje. Toen zij merkte hoe ik die idiote naam verfoeide, begon zij mij in het
openbaar en in gezelschap zo te noemen, wat ik een re-
gelrecht affront vond. Na onze officiële verloving werd ik
als taxatcur in een andere plaats gedetacheerd. Ik werkte aan verzekeringen, maar had mij tevens gespeciali-
seerd in taxaties van onroerende goederen. Als ik op een
zondag kans zag naar mijn oude stad terug te reizen, zagen we elkaar. Anders niet. Ik merkte dat haar kritiek op
kleine gewoontes van mij (roken, niet scheren op zater-
dagen) toenam. Tot ik op een dag (die mij totaal niet uitkwam, omdat ik vlak daarvoor een lastige opdracht had
gekregen en contact moest opnemen met een cliënt die
zich onheus bejegend voelde) een brief van haar kreeg.
Tot mijn stomme verbazing zegde het jonge ding de hele verhouding op. Met verloving en al. Zomaar. Zonder
uitleg. Ik heb haar nooit meer gezien. Of ik mij beledigd
heb gevoeld? Ja en nee. Natuurlijk was het passender geweest als ikzelf de verloving had verbroken. Maar uiteindelijk luchtte het mij op, want ik ben niet geschikt voor
het huwelijk en voor een gezinsleven met kleine kinderen.

Ik werkte in een functie die binnen het bedrijf werd aan-
geduid met de term 'procurist'. De term is ongebruike-

lijk en voor scherpslijpers mogelijk onjuist. Veel mensen denken dat het te maken heeft met de rechtbank. Ik gebruikte de term bij voorkeur en verlengde mijn handtekening met ppa. Per procura. Die vele jaren als procurist en als taxateur hebben mij het bewustzijn gegeven een belangrijk lid van de samenleving te zijn. In mijn werkkring werd ik gewaardeerd; ik droeg kostuums die mij tot een gedistingeerd mens maakten en ik had mijzelf accentloos en met deftige woorden leren spreken. Als ik een enkele keer bij familie thuis kwam, dan voelde ik de bewondering en de achting.

Tot, kort na mijn veertigste verjaardag, het bericht binnenkwam dat de assurantiemaatschappij in financiele nood verkeerde. Verschillende afdelingen werden opgeheven. Van de ene dag op de andere stond ik op straat.

Hardhandig werd ik geconfronteerd met het abrupte einde van een tamelijk luxueus leven. Ik was een groot liefhebber van Schotse single malt whisky. Ik kocht bijzondere flessen van een kleine distilleerderij, Dalmore, bij Black Isle. Daar was niet gemakkelijk aan te komen, maar na mijn ontslag werden ze voor mij zo goed als onbetaalbaar. Ik hechtte eraan mijn kleren smetteloos te dragen en mijn overhemdboorden door vakmensen te laten behandelen. Bij de gehoorzalen kocht ik plaatsen op een van de eerste rijen. Al die genoegens en gemakken moest ik opgeven. Ten slotte moest ik verhuizen naar een kleinere woning.

Met die krappe woning heb ik overigens geluk gehad. Tot op heden woon ik daar in de hoofdstad. De woning bestaat uit een dubbele kamer, evenwijdig aan de straat, met vier grote ramen. Het is een mooie woonkamer, maar omdat ik daar ook moet slapen, staat hij propvol met meubels. Ik heb daarnaast een zijkamertje, te klein voor mijn bedmeubel. Ik gebruik die zijkamer als opslagruimte en in een fraaie kast naast het raam staat mijn privéadministratie. Verder beschik ik over een keuken aan de achterkant en over een kleine badkamer met toilet. Ik zou geen klacht uiten als de straat niet opgebroken was. Al drie jaren achtereen. Groepen arbeiders werken aan een buizensysteem en iedere keer als ik denk dat ze klaar zijn en dat de straat kan worden toegedekt en met klinkers geplaveid, gaat ergens anders de schop erin en worden verderop kuilen gegraven en kabels of buizen doorgetrokken. Je vraagt je af waarom hier de straat niet kan worden toegedekt als verderop gegraven wordt, maar om een of andere reden moet alles tegelijk open. Soms zie je maanden geen arbeider. Alle bewoners moeten door de zandkuilen strompelen en niemand weet wat er precies gebeurt in de diepte van onze straat.

Verder moet mij van het hart dat onder mij (ik woon op de eerste verdieping) een bedrijfje gevestigd is dat werkt met grote, lompe machines die een eentonige dreun produceren. Het bedrijfje werkt vaak tijdens de avonduren door en soms op zondagen. Ik ben gaan kennismaken en heb bij die gelegenheid mijn beklag ingediend. Het bleek een drukkerij te zijn, een artistiek bedrijf voor prenten; het fijne van de techniek begreep ik niet. De machines konden onmogelijk worden stilgelegd op de uren die ik voorstelde. Om mijn idee van geluidsarme machines werd alleen maar gelachen. Ik moest maar een isolatie nemen. Ik denk dat zeker drie van de vijf technici Joods waren. Wekenlang heb ik in het gedreun en gepiep, dat tijdens de avonden wanneer de kuilengravers in de straat eindelijk stil waren, tot mij doordrong, Hebreeuwse klaagzangen gehoord.

Via dr. Bril ben ik bij de partij terechtgekomen. Misschien wekt zo'n malle schuilnaam de indruk dat ik niet serieus ben of dat het hier om iets grappigs gaat. Maar het voorkomt een hoop onduidelijkheid als ik dr. Bril niet bij zijn gewone naam noem. Dr. Bril ontmoette ik tijdens een lentefeest.

Het caféterras had door de aankleding en door het publiek iets gemoedelijks, iets burgerlijks. Ik vermoedde dat dr. Bril hier niet vaak kwam. Hij gedroeg zich onwennig en keek vreemd op van de grote gezinnen die zich volstopten met bodász, een gerecht van koolbladeren en gehakt vlees. We raakten in gesprek over administratie en registratie. Terwijl er enkele snotneuzen met open mond toeluisterden, gaf hij aan dat het doel van een perfect bevolkingsregister het toezicht houden was. Ja toch?

'Op het naleven van regels,' vulde ik aan. 'Zonder controle op het naleven zijn regels zinloos.'

Daar was hij het mee eens.

Hij somde op: 'Wie hoort hier? Wie sluit zich bij ons aan?' Wie die ons precies waren, liet hij in het midden. 'Welke creaturen moeten zo snel mogelijk en zo radicaal mogelijk verwijderd worden? Om zulke vragen te kunnen beantwoorden, perfectioneren wij een registratie.'

'Greep op het leven, greep op de samenleving,' zei ik.

Wat een platitude, dacht ik. De ander had me niet eens gehoord. Hij pakte twee nieuwe glazen bier.

'Algemene controle,' zei hij, het bier heffend bij wijze van toost. 'Algemene kennis van de uitwendige en innerlijke individuele mens.'

Hij dronk het bier in enkele machtige teugen op en veegde bedachtzaam het schuim van zijn vriendelijke gezicht.

'Dan pas,' vervolgde hij, 'vormen wij een maatschappij zonder vreemde en vijandige elementen, zonder onheilsprofeten, Balkan-bandieten, Roma-rovers, landlopers, bedenkers van afwijkende politieke systemen, atheïsten, vrijmetselaars, rasonzuiveren, nudisten en perverten.'

Hij somde die elementen op terwijl hij de vingers van

zijn hand een voor een naar binnen vouwde met de wijs-
vinger van de andere hand.

'Een staat,' besloot hij, 'een staat, mijnheer. Dát noem
ik een staat.'

Hij keek mij recht in het gezicht en plotseling liet hij
erop volgen: 'Waarom zit u híér?'

Ik mompelde wat over de lentefeesten. Hij keek spottend in het rond, wat de nieuwsgierige kinderen onzeker
maakte. Hij nodigde mij uit ergens anders heen te gaan.
Andere sfeer. Kameraden onderling. Partijleden. Of geen
partij, maar een beweging. Of geen beweging, maar een
afdeling. Het maakte niet veel uit.

Het legioen waar ik toen kennis mee maakte, heb ik
nooit meer verlaten. Altijd zweven deze verwante geesten boven mijn wateren. Bij deze mensen loopt via het
wijdvertakte rubberen netwerk van aderen de discipline
door het lijf als een geordende rij doorzichtige bloed-
schijfjes. Zij kunnen zich niet losmaken van rangorde
en bevelsstructuur. Toch kunnen ze zich op vaste tijden
feestelijk te buiten gaan. In plaats van vrouwen en kinderen die het lentefeest zo huiselijk hadden gemaakt,
met al die intieme kringetjes waar ik als vrijgezel nooit
bij hoorde, vond ik op dit nieuwe terras mannen. De
meeste droegen een insigne. Dr. Bril werd met een ge-
brul begroet. Mij werd ogenblikkelijk duidelijk gemaakt
dat ik erbij hoorde, dat zij allemaal vrienden waren, dat
iedereen voor mij in de bres zou springen. De meiden
die met grote bladen bier tussen de tafels rondgingen,
waren vrolijker dan de stuurs kijkende serveersters bij
de gezinstafels. Als een van de kerels zijn hand naar achteren stak en een dienstertje tussen de dijen greep, dan
hoorde je vrolijk gegil. Ze hadden het druk, overal werd
om drank en eten geroepen, maar ze maakten duidelijk
dat ze handtastelijkheden als een compliment zouden
opvatten. De bediening bij de gezinnen was geneigd, ze-

ker omdat er kinderen bij waren, corrigerende tikken uit te delen. Nou, dat moesten ze hier niet proberen.

Tegen de avond — de zon scheen zwakker, de meeste banken stonden in de schaduw — hief een groep een loflied op het vaderland aan. Ik zag hoe die grote, schreeuwende kerels stil werden. De stemmen tegen het avondlijk decor klonken wonderlijk mooi. Sommigen staarden voor zich uit en schoven verlegen met hun bierpul. Een voor een stonden ze op en bij iedere volgende regel zongen er meer van die principiële kerels dat lied, in volle ernst en precies tegelijk, in een daverend ritme. Ze lieten de klanken wegsterven in de lucht, haalden diep adem en galmden een nieuw couplet over het land. Ze kenden alle coupletten uit het hoofd. Ik raakte ontroerd. Het was een machtige ervaring, die mij voor altijd aan de partij gekoppeld heeft.

Later zochten die kerels, met hun konten geplant op de lange, houten banken die met behulp van boomstammetjes waren voorzien van wankele leuningen (het ritmisch afbreken daarvan is een hoogtepunt), het beest in zichzelf op. Bier en brandewijn waren door de kelen gegoten; elke nieuwe bezoeker moest omhelsd worden; tranen vloeiden bij verhalen over gevallen helden. De kooi van het inwendige wildebeest was op een kier gezet. Dr. Bril sprak over het klauwend deel van onze patriottische ziel, de klimmende leeuw die het wapen van de vaderlandsliefde in ons grijnzend overeind houdt.

En plotseling vloog er een meid de lucht in.

Ik zal me verklaren. Twee tafels verderop was het na de gezamenlijke zang schreeuwend lawaaiig gebleven. Alsof de schuimende feesttafel deinde en rolde als een groot schip op een stormachtige, paarse zee. Ze hadden om nieuwe drank geroepen en toen het volbeladen meisje kwam, zo reconstrueer ik de gebeurtenis voor mijzelf, was haar het blad uit handen gepakt. Verschillende kerels waren blijven staan en zij sloten haar in zodat zij niet weg kon komen. Toen was het beetpakken en gillen. Ruggelings werd ze tussen twee rijen mannen gelegd, die haar met de handen ondersteunden. Van je één, twee, drie, en daar vloog ze achterover balancerend op de lucht omhoog. Het was de kunst haar iedere keer hoger te jonassen. Ach, hoe feestelijk werd het vervolgens, want na de vierde of vijfde keer rukte iemand haar bloes uit, zodat de meid met blote tieten de lucht in ging. Terwijl iedereen erbij kwam staan en aanzwellend op het ritme meebrulde, werd stelselmatig de kleding van die meid uitgetrokken, zodat zij op het laatst omhoog geworpen werd zonder ook maar een draad aan haar lijf. Het was een lekkere griet om te zien en het moet een geweldig genoegen geweest zijn haar op te vangen.

Toen een halfuur later een tweede de lucht in ging, begreep ik dat ik kennismaakte met een plaatselijk folkloristisch gebruik. Dr. Bril vertelde dat op deze feesten de meeste diensters eraan moesten geloven. Ik bekeek de jonge en aantrekkelijke serveersters. Of zij zich niet verzetten tegen dit gebruik? Degenen die mijn vraag in de herrie rondom verstonden, lachten. Dat zou die meiden schrammen en blauwe plekken opleveren. Wie tegenwerkte of probeerde onder te duiken, ging des te venijniger compleet uit de kleren. Iemand merkte op dat het een enkele keer ongelukkig afliep.

In het jaar tussen die gebeurtenissen en nu ben ik een vast lid van de groep vrienden geworden. Toen ze hoorden dat ik geen werk had, vroegen ze of ik mijn kennis en kunde ter beschikking wilde stellen van de partij. Van ganser harte.

Het is me gelukt met het geld van de partij enkele verzekeringsbanken over te nemen, zodat de financiële basis zeer verstevigd werd. Ik heb tot hoog in de partijtop contacten.

Onderweg naar Lodron, zoals de bewoners het noemen, toen we in colonne het middelgebergte in trokken en de warme ochtend het land na de vochtige nacht deed dampen, zodat lagen van verschillende kleur en helderheid over elkaar schoven en bij iedere bocht van plaats wisselden, zagen wij opnieuw hoe het landschap om te huilen zo schoon was. Wij neurieden de ritmische gezangen. Van vreemde smetten vrij. Wie niet voor ons is, is tegen ons. Zo is het.

De anonieme vrachtwagens, vol wapens en met genoeg stevige jongens achter het stuur, kropen langzaam de helling op, onregelmatig ronkend, driftig schakelend, ongeduldig als een troep jakhalzen. Ik zakte onderuit op de grote voorbank van de vrachtauto. 'Kijk, dit is het nou waar we trots op moeten zijn,' zei ik en wees op de grootse natuur.

'Ja,' zei dr. Bril, 'wij mogen inderdaad trots zijn. Trots op ons land. Trots op de waaiende steden.'

Helemaal duidelijk was dat niet. Wat bedoelde hij in godsnaam met waaiende steden? Dr. Bril was bloedernstig. Na de bocht, toen een totaal nieuw vergezicht zich opende, voegde hij eraan toe: 'Trots op de rijpende druiven, op de gerande, drijvende luchten, op het filigraan van de bergdorpen.'

Dr. Bril heeft wel iets van een dichter.

Eerste verhaal van Augustine
De staatkundige wespen

Mijn naam is Augustine Nettl. Mijn vader is Johann Nettl. Hij verkoopt olie in Lodron en aan de boeren verderop. Petrolie. Voor machines en voor licht. Je ruikt het aan hem. Voor hij thuiskomt verstopt hij de olieresten in een opslagloods. Daar trekt hij zijn stinkende kleren uit en wisselt die voor een schoon, wit hemd. Mijn moeder is Lisa Nettl. Zij maakt schoon in de grote huizen van Lodron, bij de rijke families. Mijn broertje heet Johannes.

Er zijn twee werelden. Dat zegt mijn vader ook, maar hij bedoelt de wereld van de rijken en de wereld van de armen. Maar daar ligt de scheiding niet. De twee werelden zijn de wereld van de kinderen en de wereld van de volwassenen. Kinderen en volwassenen verschillen veel en veel meer dan armen en rijken. Daar gaat het om.

Sommige oerstomme kinderen hebben haast met volwassen worden. Oei, dat is wrang. Sophie bijvoorbeeld, die ziek werd van de valeriaan en ging sukkelen. Of let eens op de ganzen Liselot en Wilma, die niet kunnen lezen of schrijven, maar die allebei een horloge hebben. 'Kijk eens naar mijn wijzerplaat; vraag hoe laat het is.' Of vrome Emma, die iedere dag naar de kerk gaat. Wat een klaproos-tut. En onze Arnold, die als reizende metselaarsleerling met bolhoed de stad binnen liep toen we allemaal nog klein waren en geen benul hadden van dag en nacht.

Nog gekker zijn de kinderen die achterovervallen van deftigheid. De Blümmls, de Nouseuls, de handwippertjes Oefele: allemaal kinderen met een diep ingekankerde volwassenheid. Je ziet het aan hun zieke koppen.

Blümml. Nog deftiger dan dr. Oefele. De Blümmls bezitten een huis aan het grote plein en zij vervullen alle openbare functies. Wil je in het stadje iets gedaan krijgen, dan moet je op audiëntie bij een van de Blümmls.

Nouseul. Dat is poppenstront. Voelen zich zo bijzonder als een paarse laurier. Negen kinderen. Alleen Joachim en zijn zus Cäcilie zijn anders.

De burgemeester Xaver Oefele is getrouwd met een veel jongere vrouw. Bij het huwelijk was hij vijftig, zij eenentwintig. De volwassenen vonden dat niks, want, zei iedereen, de kinderen zijn de dupe. Dat worden lilliputters of mongolen, zeiden alle vrouwen. Die konden het weten. Er kwamen twee kinderen: Leopold en Theodor. Nou, iedereen op kraamvisite. Iedereen goed kijken. De jongens waren normaal. Volwassenen hebben geen enkele kijk op kinderen. Wel dragen die twee Oefele-puppy's altijd jasjes met matrozenkragen; wel een koord met een fluit; toch niet helemaal normaal. Ze spelen nooit met andere kinderen. Nooit in de rivier gesprongen, nooit een voet bij het meer gezet. Mogen ze niet.

Hij heet doctor. Dr. Xaver Oefele. Loze titel, zeggen de volwassenen met eerbiedige waardering.

Ik woon met Johannes en met mijn vader en moeder in een klein wit stenen huis. Iedereen in het wijkje kan ons huis aanwijzen. Achter het huis ligt een schuur waarin kolen en aardappelen worden bewaard. Vanaf het schuin aflopende dak kon je de Pertls bespioneren bij het eten en bij het neuken. Omdat Karl Pertl iedere avond na zijn laatste hap zijn Barbara op bed trok, zaten Johannes en ik op dat uur doodstil op het dak van de schuur toe te kijken. Ja, ja, mooi dat wij, kinderen, niet bij een montere wandelclub hoorden of dat wij niet iedere avond in de kerk

'Knielt, Christenschaar, voor het zoenaltaar' stonden te zingen.

Broek uit, rok omhoog en dan trok Karl zijn vrouw bij de heupen overeind en keerde haar om alsof ze een kussen was dat met een frisse kant naar boven gekeerd moest worden. Dan stak hij zijn stok onder haar kont in verband met de kikkervisjes.

'Waarom zet hij haar neer alsof zij een hond is?' vroeg Johannes een keer. Zo'n joch weet helemaal niks.

'Je zit te kwijlen,' zei ik tegen hem.

Johannes wist hoe het kwam dat wij op het dak van de schuur last van wespen hadden.

'Ze wonen daar. Er hangt een nest.'

Die middag trok hij mij mee de schuur in. Ik vind dat irritant. Hij weet iets en doet dan net of hij de baas is. Johannes wees naar een hoek waar een vaalbruine, langgerekte bal hing tussen oud spinrag en losgeraakte dakbedekking. De hoek zoemde, zo'n boze, nijdige zoem, en geregeld maakte zich een geel-zwarte verkenner los van de nestbal.

'Hoor,' zei Johannes, 'ze hebben een koelmachine aanstaan.' Hoe komt zo'n joch erop. Hij keek peinzend naar het nest. 'Ze roken ze altijd uit. Met gifgassen. Reukloos gifgas. Dan raken ze bedwelmd.' Hij zei maar wat.

'Hoe weet jij dat nou?'

'Weet ik. Heb ik gehoord.'

De volgende avond zag ik mijn broertje met een jutezak en een stok lopen. Wat ging die doen?

'Porren. Ik ga ze in hun gat porren. Zo'n nest hangt behoorlijk wankel; het zit niet goed vast. Dat kunnen ze niet. Ze maken papier, geen touwtjes. Je moet het in een zak opvangen. Dan kunnen ze geen kant op. In de zak zit alsem en look. Dan raken ze bedwelmd.'

'Johannes, doe niet zo gek. Laat dat nest zitten. Jij kan dat niet.'

Dat pikte hij natuurlijk niet. Zou ik ook niet doen.

Hij zwaaide één keer met zijn stok. Ik zag dat die lange bal wat in elkaar kromp, een verbaasd en verontwaardigd geluid maakte, iets zakte, losliet, zich nog probeerde vast te grijpen aan een lat en aan het vuil in de hoek, maar toen toch neerplofte. Naast de zak die Johannes klaarhield. Niet in de zak, maar ernaast. Meteen de eerste woedende insecten. Dat Johannes erin slaagde met de jutezak de zwerm van zich af te slaan en de schuur uit te vluchten, redde waarschijnlijk zijn leven. Ik zag hem om het huis heen lopen, ik hoorde hoe hij gillend de straat door rende. Bij de hoek zakte hij in elkaar. Hij jankte met vreemde, hoge uithalen.

Dokter Gleim is een grote man, die altijd zijn medailles op zijn jas gespeld laat zitten. Het is een ernstig moment als dokter Gleim komt. Hij beval dat mijn moeder gealarmeerd moest worden. Ze stond te hijgen, geïrriteerd omdat ze overdag naar huis geroepen was. Voor een paar wespensteken. Tot de arts duidelijk maakte hoe ernstig het was. Hoe dat dan kon, vroeg mijn moeder. Die vertrouwde niks en niemand.

De imker van verderop kwam het nest opruimen. Hij stond een tijd bekken trekkend de situatie in de schuur te bestuderen en gooide het kapotte nest in een bak met water. Ik hoorde van andere kinderen, van Rose en ook van gore Ignaz, dat dat een volkomen verkeerde methode was. Maar waar Ignaz die wijsheid vandaan haalde, bleef onduidelijk. En Rose kletste maar wat.

Ik vond een klein deel van het nest terug. Met timmermansprecisie uitgerekend en in elkaar gelijmd. Een miniatuurbouwwerk van zeshoekige, kleine papieren doosjes. Hoe kwamen die vliegbeesten in godsnaam aan die doosjes?

Voor alle zekerheid bracht ik het restant naar de imker.

Die legde uit dat de wespen hout knagen en er een soort papier van kauwen dat ze tot cellen persen. Hij praatte een beetje door zijn neus. Ik zei recht in zijn gezicht dat ik zijn verhaal volkomen flauwekul vond. Of die geel-zwarte beesten soms een meetlat en een gradenboog bij zich hadden om die zeshoeken zo mooi gelijk te krijgen.

Dat de wespen een koningin hadden en een staat vormden, geloofde ik ook maar half. Die man stond het serieus te beweren, maar hij is wat simpel volgens mij.

'Verder is het een akelig agressief volkje,' besloot de imker zijn uitleg.

Ik begrijp heel goed hoe ongerustheid werkt. Hoe misselijk je ervan kan worden. Hoe de paniek kan uitbreken.

Die slaat sterker toe wanneer een kind niet ziek is maar van de ene dag op de andere verdwijnt. Zoals nu het geval is.

Raadselachtige, gekmakende verdwijning. Zoiets werpt vragen op, laat je hoofd in kringetjes lopen en je ziet steeds meer zwarte gaten.

Gisteren liep hij de hele dag in huis rond. Vandaag werd hij gewoon wakker. Hij deed zijn lieve ogen open en stapte vrolijk uit bed. Hoe laat is hij weggegaan? Ze zijn vergeten te vragen waar hij naartoe ging. Waar loopt zo'n kind heen als de warmte nog hangt en als de verlokking schittert?

Het kind komt niet thuis. Het wordt laat. Het eten is bereid. Iedereen verbaast zich. Het wordt donker en iemand zegt dat er iets gebeurd moet zijn. De volgende dag gaan ze rondvragen. Niemand heeft hem gezien. In het gezin slaapt niemand meer. Altijd blijft een deel wakker. Eén hersenklomp wacht op een paranormaal signaal. Eén oor is gespitst op een deurklink, een verre kreet. Eén oog let op iedere schaduw. Was het een ongeluk? Of een misdaad? Is het kind vrijwillig weggegaan en zwerft het op zoek naar avontuur? Raakte de kleine tussen takken of stenen bekneld en kan hij zichzelf niet bevrijden, moe van het roepen om redding? Wordt hij tegen zijn wil vast-gehouden? Heeft hij honger of dorst? Heeft hij het koud? Wordt er voor hem gezorgd?

Uit de aantekeningen van dr. S.

2

A priori. Dr. Bril en ik hebben twee partijleden verzocht samen met ons dit onderzoek te verrichten. Wij hebben chauffeurs gecontracteerd en gorilla's als wacht en als ordetroeper. Het kompas gaf de richting aan; de afstand was duidelijk. Benzine hadden we genoeg en de mechaniek van de auto's was in orde. Om 13.44 uur exact zijn wij hier aangekomen. We hebben de wagens langs de rand van de weg uitgericht en wij hebben ons bij de verantwoordelijken gemeld.

Het stadje waar de verzoeken om hulp vandaan kwamen en dat wij met de grootst mogelijke precisie in kaart willen brengen, heet Closset. Eerste probleem. Die boeren hebben zo'n hekel aan die naam dat bijna iedereen het stadje Lodron noemt. Leve de volksmond. Nu is dat tot daaraan toe. Hoe die lui binnenshuis praten en hoe zij elkaar en de woonplaats onderling aanduiden, zij moeten het zelf maar weten. Maar officiële aanduidingen zijn sacrosanct. We gaan niet eigenmachtig de landkaart en de globe veranderen. Laakbaar is dat de naamborden in de omgeving met zwarte verf zijn besmeurd zodat 'Closset' onleesbaar is en in een pueriel handschrift is er 'Lodron' boven gekwast. Een enkele keer zelfs verkeerd gespeld als 'Lodorn'. Laakbaar en strafbaar.

De enkele zwervende zwijnenhoeder of ambulante handwerksman die de locatie net als wij vanuit het zuidwesten nadert, passeert de enige toegang: een smalle zijweg, die scherp afbuigt, met een hoge brug de rivier oversteekt en verderop het stadje in kronkelt. Met enkele flinke stijgingen en een paar haakse bochten komt deze weg uit op een plein.

Hoewel het stadje tegen de bergen aan gebouwd is, zijn er nauwelijks plaatsen waar je over de gebouwen kunt uitkijken. Geen belvedère, geen steil oplopende terrasbouw, geen oud kasteel met een toren. Alleen de vogels, kraaien, zwaluwen, soms een klaaglijk miauwende buizerd, hebben het overzicht.

De rivier kringelt via een klein, niervormig meer naar het noorden en een oude stadsmuur is, een kleine tien meter hoger, met die bocht mee gebouwd. Waar de oever steil is en de muur bijna loodrecht boven het snelstromende riviertje staat, is een tweede brug gebouwd, een lage dit keer, die het stadje verbindt met een kleine uitleg aan de overzijde. Aan die kant ligt een werkplaats met naaimachines en een openbare waterplaats waar vrouwen kunnen wassen. 'Geen drinkwater' staat er met onuitwisbare inkt gestempeld. Doctor Oefele leidde ons rond en vertelde ons een aantal eigenaardigheden met een gezicht waarvan af te lezen viel dat hij die zelf als charmante dorpsgebruiken beoordeelde, maar in wezen getuigen die gebruiken van een anarchistische geest. Procul dubio. Zo kregen wij te horen dat, ondanks de waarschuwing, de armsten van het stadje hier water blijven halen om mee te koken. Op onze vraag wat hij daar dan tegen deed, haalde hij de schouders op.

De straten dragen geen namen, de huizen zijn doorgenummerd. Ook zoiets. Het veroorzaakt wanorde en gebrekkige administratie. Er valt hier veel te doen. De bewoners, voerde dr. Oefele als verontschuldiging aan, weten hun huis en het huis van hun verwanten en vrienden blindelings te vinden en de kinderen hebben hun eigen geheimtaal. Dr. Oefele lachte erbij, maar volgens ons schuilt in die geheimtaal precies de adder die hier flink toegebeten heeft.

De markantste plek is het grote plein. Dat is bij de meeste stadjes in onze streken het geval. Het plein biedt steevast het landelijke beeld van harmonie en orde, waardoor wij beseffen dat niet alleen de grote, beroemde steden het land geliefd maken, maar ook de duizenden stadjes en dorpen die het bergland en het boerenleven zo pittoresk karakteriseren.

De fontein, vast pleinattribuut, is versierd met een beeld van een vrouw die haar borsten ophoudt en vrolijk water uit haar tepels spuit. Helaas is de spuitinrichting van de linkerborst lek of verstopt; al sinds jaar en dag, bekende de burgemeester-gids met zekere gêne. Dus klettert rechts een ferme straal en sijpelt links een treurig slap straaltje neer. Het is geen gezicht.

Aan de westkant van het plein staat de grote kerk, het hoogste gebouw van het stadje. Wij werden meegetroond naar een zijkapel, waar een glazen kist stond met een gebalsemd lijk. Een bisschop. Dat geloven wij graag, maar het volgende is te gek voor woorden. De plaatselijke geestelijke kwam met paperassen aanzetten (maaltijdsporen, scheuren: kladrommel) die moesten aantonen dat het hier ging om de overblijfselen van de heilige Johannes Chrysostomos! Uit dankbaarheid voor dit bezit werd de naam door de gelovigen afgekort tot het familiaire Jan Chrysos. De papieren bewezen uiteraard niets; de pastoor was even onbetrouwbaar als zijn soutane versleten was. Ach, laat die autisten, denkt men dan. De façade van de kerk verleent het plein iets van zuidelijke streken. En hoe zuidelijker, hoe gemakkelijker de mensen iets geloven.

Naast de kerk vind je het 'grote huis'. Een langwerpig gebouw waar zich een tweede tegenaan knelt. Een smalle sleuf scheidt de twee gebouwen. Hier, in deze stenen tweeling, is alles ondergebracht wat normaal te vinden is in een stadhuis van een klein stadje. Ambstwoning (royaal!), administratie (verouderd en zeer onvolledig!), archief (wanordelijk!) en representatief zaaltje. In de buitenmuur zijn enkele stenen plakkaten aangebracht. Half geërodeerd, nauwelijks leesbaar, met teksten en wapens. Hier ziet men nog de naam Closset. Via een trap bereikt men de monumentale deur.

Dr. Oefele ontvangt zijn gasten in een zaaltje. Voor een boogvenster staat, afgezet met rode koorden, een marmeren beeld van een slapend of dood kind. Een jongetje. Het ligt op een ingedeukte matras.

Er is iets gruwelijk fout gegaan in Closset of Lodron. Maar strijk-en-zet overkomt het ons in dit soort situaties, waarbij bovendien van administratie en van bevolkingsregister niets deugt, dat men niet ophoudt de loftrompet te steken over tal van plaatselijke onbenulligheden. Alsof je een huisgezin bezoekt waarvan de moeder door verwaarlozing en vervuiling gestorven is, maar waarvan de kinderen en de vader alle schoenen van moeder tonen en trots vertellen hoe modern, exotisch, vakkundig die nooit gedragen schoenen gemaakt zijn. In dit geval werd het marmeren beeld bezongen. Iedereen kende het beeld van dat jongetje. Iedere bezoeker van het stadhuis zag in dit beeld heimelijk de eigen gestorven idealen, de eigen gestorven kinderen, de eigen niet voltooide, nooit doorgezette, beloftevolle jeugd. Oefele werd bijna lyrisch.

Wij hebben snel duidelijk gemaakt welk huis voor ons ontruimd diende te worden, hoe wij onze maaltijden geserveerd dienden te krijgen en welke leeftijd de bedienende meisjes moesten hebben.

Closset of Lodron ligt op de grens van Noord- en Zuid-Europa, op de grens van protestants en katholiek, op de grens van ernstige kruidenbitterdrinkers en vrolijke

27

wijnboeren. Sommigen zien de heuvels als uitlopers van de Alpen; anderen vinden dit het typische landschap van het Europese middelgebergte.

Tweede verhaal van Augustine
De nijdige vrachtwagens

Als je het bergpad af loopt dat langs de dodenakker naar het stadje voert, kom je uit naast het heiligdom van broer en zus Rehm. Bij het heiligdom staan altijd verse wierookstokjes te walmen. Het is een raadsel wie die dingen in de grond steekt. Die twee van Rehm weten het wel maar zij zwijgen als naaktslakken. De geiten die daar aan de zuring knabbelen, zullen het ook niet zeggen. Als ik de waterput en de openbare stookplaats gepasseerd ben, kan ik snel de muur bereiken en daar weet ik een smalle hoge weg waar ik als een spitsmuis over de stenen kan schieten.

De oude stadsmuur staat op de rotsen en steekt bij de brug metershoog recht boven het riviertje uit. Verderop ligt de muur lager. Ik klauter over de ruwe stenen en klop vriendelijk op de rand. Ik weet dat het oude bouwwerk het prettig vindt mij te dragen. Het pad tussen de twee bovenste steenlagen is één voet breed en er is geen borstwering. Ik voel me veilig.

Het riviertje is voor ons van levensbelang. Ons, dat zijn de kinderen van Lodron. In de rivier begint ons leven en bij het meer groeien we op. Wij leren er vechten en overleven. Onder de waterspiegel loeren de pijn en de gruwel. Maar dat vertel ik straks.

Het riviertje danst diep onder me. Met opschepperig lawaai, met piepkleine watervalletjes en na iedere steen een sierlijk kolkje. Dan, naarmate de muur draait, wordt de afstand tussen de muur en het riviertje groter; de bedding wordt breder; het water wordt rustiger. De rivier stroomt door bos. Elzen, berken, iepen, met aan de voet dovenetel, anemonen en lievevrouwebedstro en tal van waterplanten. Er staan ook veel zwarte bessen. De begroeiing is op sommige plaatsen zo dicht dat het riviertje van bovenaf niet meer zichtbaar is. Daarom jengelt het voortdurend om aandacht met een zacht ruisend geklets. Ik weet dat er talloze kleine dieren rondspetteren. De voorn die (pak me dan als je kan) in het water zweeft voor hij wegschiet. De zachte dreutels, de padden en de kikkers, die geneigd zijn alles te omarmen en overal aan te zuigen. De talloze insecten die elk in hun eigen luchtlaag zoemen om dodelijke botsingen te voorkomen.

Ach, van de insecten hadden we veel kunnen leren.

Een stoet vrachtwagens hield na de afslag stil en parkeerde aan beide zijden van de weg. Het was de laatste week van augustus. De cicaden zongen hun slotkoren. De zon scheen al mistiger.

Wat een afgeleefde, chagrijnige vrachtwagens. Sommige hadden niet eens ramen, maar tralies of luiken en als er ramen zaten dan waren die vuil en bijziend. Er waren ook metalen blinde bakken met hoge hoestende pijpen. De enige kleuren waren bruin en grijs, tot een vlekkerig patroon gemengd. Walmende rook prikte in mijn ogen. Ik verborg me tussen de struiken.

Grommend, met plotselinge, nijdige draaien gingen de vrachtwagens aan de rand van de weg staan. Eén vrachtwagen draaide met luid ijzergeratel zijn rolluiken naar beneden. Ik zag een man uitstappen: dik blond haar, overhemd met een koord, laarzen. Hij liep de auto's langs en bonkte zonder naar binnen te kijken op ruiten of op de autowand. Er stapten meer mannen uit. Ze gooiden houten wiggen op de grond en schopten die tegen de banden. De blonde brak een tak van een boom en veegde bladeren naar de auto's. Na een aantal minuten leek het of de auto's daar altijd gestaan hadden.

Ik had gelopen, ik had zitten kijken, het was allemaal spannend, dus zo gek was het niet dat mijn blaas op knappen stond. Ik stapte voorzichtig achteruit, duwde een brutale tak weg die mijn jurk binnendrong, trok mijn ondergoed naar beneden en zakte in diezelfde beweging door de knieën. Jurk opzij, anders heb je natte slippen, en hopla. Ik kneep mijn ogen dicht en bleef doof en blind hurken tot het klaterend koeiengeluid ophield. Daardoor had ik niet in de gaten dat die blonde naar me stond te loeren.

Hij stond op de weg en verdomde het naar iets anders te kijken. De bodem helde waar ik zat, ik kon mijn evenwicht verliezen. Ik moest voorzichtig opstaan. Als een van de kinderen mijn kont zag of zelfs een van de oudere jongens, ach wat gaf dat? Wat kon mij dat schelen. Eigen volk is anders. Dit kon niet. Zo'n vreemde kerel had niets met mijn onderlijf te maken. Toen ik die blonde begon uit te schelden, draaide hij zijn hoofd om. Ik kon pijlsnel overeind schieten, mijn ondergoed ophijsen en het bos in springen. Na twee, drie struiken was de straat niet meer zichtbaar.

Omdat de gewone weg door de vrachtwagens versperd was, moest ik dat hele eind omlopen. Dus al die tijd met mijn eigen gedachten bezig. Acht vrachtwagens komen uit de hemel vallen. De chauffeurs vegen bladeren van de ene kant naar de andere kant. Dat lijkt beleefd gedrag, maar ik dacht aan wilde katten die zich in het gras drukken en die hun driften nauwelijks kunnen beheersen en daarom met hun staartpunt zwaaien.

Vroeger, in de keizertijd, trokken gewapende mannen met brieven en linten van de hoogheid door het land. Een stoet met vaandels en eretekenen. Elk dorp waar zij langs kwamen, was verplicht de gezanten onderdak te verschaffen, ze vol te stoppen met opgespaarde, heerlijke gerechten en aan die wrede, behaarde reizigers jonge meisjes aan te bieden. Tradities zijn een rijk bezit, zeiden de volwassenen zuchtend.

Laarzen, koorden en mouwbanden: die kerels uit de vrachtauto's waren geen gauwdieven of ketellappers. Dat waren gezanten van machthebbers. Wat zou dat betekenen? Een bedreiging van onze kinderwereld? Wat kwamen ze anders doen in ons slaperige stadje, waar wij kinderen onze vrolijke, spannende wereld schiepen en waar de oudjes hun zorgelijk bestaan probeerden te rekken? Dat kwamen ze verstoren. Konden zij niet even wachten? Hadden wij niet het recht onze kindertijd af te maken?

Ik volgde de bosrand langs de barst in de rotsen. Moest ik iemand waarschuwen? Wie? Mijn vader en moeder? Weinig zin. Nooit tijd. Altijd weg of aan het werk. Of zwanger en net gestorven, zegt Louise. Burgemeester Oefele? De familie Blümml? Maar wat heb je aan een volwassene als je iets ernstigs wilt zeggen of vragen? Een volwassene is ongedurig. Een volwassene is een zinvolle-vragen-wegwuiver.

Talmen. Stilstaan. Nog even spelen op de openbare werkplaats. Toen ik het plein op liep, stonden er al tientallen mensen. Op de stenen trappen die in zigzagvorm naar de dubbele deuren van het stadhuis leiden, stonden vijf kerels. Een van hen was dr. Xaver Oefele, onder de andere vier herkende ik de blonde van de vrachtwagens.

Ik herinnerde me een vorige keer dat op het plein een menigte was samengestroomd. Toen stond op de trappen ook dr. Oefele, maar die keer in aanwezigheid van zijn jonge vrouw en zijn twee raadselachtige onzeewaardige matroosjes. Toen werd Ilse Pichler gefêteerd als zwarte bruid, met een tak meekrap in haar haren.

Uit de aantekeningen van dr. S.

3

Zij mogen ons dwingelanden noemen, op voorwaarde dat ze beseffen dat alles, begin en einde, alfa en omega, bevruchting en afsterven, afhankelijk is van macht. Aan ons is de macht. Wij hanteren het vangnet en bij wie kan de vlinder protesteren? Waar wij aankloppen, worden wij gehoorzaamd. Wij beslissen over dood en leven. Als vanzelfsprekend ontvangen wij de hakken slaande glorie, de rozenbladsalons, de zalmende dis en de zilte dansen van jonge wulpse vrouwen.

Zo hebben wij per telefoon ons bezoek aangekondigd en onze wensen geformuleerd. Aan de andere kant van de lijn bleef het enige tijd stil. 'Hallo, staat er nog iemand te luisteren?' Een blik op de aantekeningen en de naam van de dorpschef kwam naar boven. 'Dr. Oefele?'

Ja, dr. Oefele was er nog en als bewijs begon hij te sputteren als een motortje dat een trap krijgt. Dus formuleerden wij de eisen een tweede keer, nu geblafter; wij gaven de verwachte aankomsttijden door en verbraken de verbinding.

Met het gevolg dat we op de trap voor het stadhuis stonden. Twee van ons droegen een uniform, alle vier hadden wij de officiële, ceremoniële, vermiljoenrode band om de mouw gespeld. Wij stonden op verschillende treden, wat de indruk wekte dat wij opklommen tot dr. Oefele. Maar niet hij voerde de regie, niet hij schreef de toespraken, niet hij bepaalde op welk tijdstip wij naar binnen gingen. Hij, de belangrijkste inwoner van dit stadje, hij, die bijvoorbeeld de vergunningen voor de vrachtwagens, die wij beneden langs de weg hadden geparkeerd, op zak had, hij gedroeg zich onwaardig. Hij stond te draaien en te buigen en hij leek net zo onwillig als een serveerster die te midden van opdringerige kerels aanvoelt dat ze gejonast gaat worden. Hij had zich zogenaamd verrast getoond toen wij ons aandienden; hij had ons aan zijn vrouw willen voorstellen, hoewel dat net zo goed later kon; hij had zitten treuzelen en zeuren tot wij hem met enig geweld tot spoed maanden; hij had orders gegeven aan zijn vertrouwelingen en ons aan hen voorgesteld. De Blümmls. Een oude heer, een vader, drie jonge mannen. De jongste, Franz, was twaalf jaar oud en wierp zich hijgend op als gids. Vermakelijk ventje.

Eenmaal buiten, zagen wij dat die Blümml-familie snel een waarschuwing kon rondzingen. Het was druk op het plein. Iemand bracht een toeter.

'...llo, llo, ...ensie, ensie,' schalde het tegen de muren van de kerk en van een schooltje, alsof de huizen een decor vormden. De ongeletterde mensen keken verwachtingsvol omhoog en zochten de lucht af. Wij stonden met onze strakke onderbuiken martiaal tegen de ijzeren leuning van de trap aan gedrukt. Dr. Oefele was klaar om zijn toespraak te houden.

Die twaalfjarige Franz Blümml vertelde ons de vermakelijkste verhalen. Hij wist dat wij afkomstig waren uit de grootste stad van het land, die tevens de grootste stad van de wereld was. Brave patriot, die kleine Blümml. Met zijn vader en zijn grootvader was hij drie dagen lang naar het noorden gereisd, vertelde hij. Daar had hij van alles gezien. Paleizen, waar Jodenvrije wachten voor stonden; fakkeloptochten; de eindeloze stoet geüniformeerden die hand in hand langs de grenzen stonden en zo een ketting vormden waar geen mens, geen dier doorheen kon breken. Niet naar binnen en niet naar buiten. Toen moest hij zijn mond houden, want de aarzelende, rauwe stem van dr. Oefele schalde over het plein.

Na wat inleidende onzin toeterde Oefele dat het gezantschap 'als woning aangewezen zal krijgen, voor de duur van het verblijf, het grote huis Amorosi Bei' en dat dit huis deze zelfde avond gebruiksklaar overgedragen zou worden. Er klonk een geluid, dat samen met het geklapper van een vlucht duiven opsteeg als een volmaakte mix van al die kreten van medelijden en verontwaardiging. Dat geluid bleef als een wolk van zilverzwarte glinsterende kooldeeltjes hangen boven de mensen op het plein, totdat hij even plotseling als de vlucht duiven uiteenviel en vertwinkelde en alles stil werd als vanouds.

Franz Blümml keek ons met grote ogen aan.

'En Nouseul dan?' vroeg hij.

'Wie?'

'Nouseul. De grote familie Nouseul. Twee inwonende grootouders, twee ouders en negen kinderen. Worden die de straat op gejaagd?'

Hij gloeide van opwinding. Het is normaal dat in zulke stadjes de meeste inwoners elkaar kennen maar niet beminnen. Wie is in staat dertien zwervers op te vangen? Ja, dat is niet onze zorg. Franz Blümml stotterde ervan.

'Als de Nouseuls de nachten op straat gaan doorbrengen, mogen wij er dan langs lopen en kijken hoe dertien rijke zwervers leven? Of komt er een afrastering? Zullen zij in de grond moeten wroeten en hun brood van de aarde moeten eten, net als de zwijnen van Yppold?'

Die laatste, die Yppold, kenden wij niet. De namen van de dames Lotter schalden over het plein. Die gingen voor ons de maaltijden verzorgen. Dat was telefonisch afgesproken.

Over die grieten die ons zouden bedienen, begonnen ze meteen te emmeren. De een was debiel, de ander te jong, een derde was juist naar familie vertrokken. Een zekere Augustine Nettl werd ons zo'n beetje opgedrongen.

Die Augustine Nettl is veertien jaar. Veertien, hoogstens vijftien hebben wij geëist. We kregen de volgende beschrijving.

Ze kleedt zich als de meeste bewoners van dit stadje in het zwart, maar bij haar staat dat zwart sierlijk en elegant. Bij andere kinderen zakt de kleding af en trekt scheef en moet met henneptouw gecorrigeerd worden. Bij onze Augustine is het allemaal vrolijk blond wat buiten het zwarte jurkje steekt. Haar huid is glad en zonder striemen, ontsierende aderen, paarse vlekken of puisten.

Over haar karakter kregen we een treffend detail te horen. Omdat alle vrouwen in het stadje eenzelfde kapsel dragen, heeft Augustine op een dag haar blonde haren zelf met een schaar, hap hap, wild en lukraak, kort geknipt. Voorlopig kan het niet gevlochten worden en voorlopig kan zij niet, zoals iedereen, met strakgetrokken vlechten om haar hoofd geknoopt rondlopen. Dat levert uiteraard commentaar op. Niets wispelturiger dan de aura popularis, de volkswind. Door de jongens wordt zij in haar kuif gepikt en door de volwassenen hoofdschuddend nagekeken. Telkens als haar haren weer iets langer zijn, zet zij opnieuw de schaar erin; op willekeurige plekken.

Tegenover dat blonde krengetje hebben wij besloten tot de volgende tactiek. Wij zullen haar ondervragen over van alles en nog wat, zodat zij in de war wordt gebracht en niet meer zal weten wat zij wel en wat zij niet kan vertellen. Wij noteren haar verhalen en zullen zo een min of meer compleet relaas krijgen van de gebeurtenissen in dit stadje. Niet expressis verbis, maar de inhoud zal nauwkeurig kloppen.

Derde verhaal van Augustine
Het onkuise vlees

De smalle straat naar ons huis is een venijnige klim. Met ons huis begint het hoogste deel van het stadje: een warboel van witte huizen, overhellende balkons, straten die onder de huizen door lijken te lopen en dakterrassen die overgaan in smalle stegen. De meeste bewoners van deze wijk delen hun slaapvertrek met geiten en honden. Het vuil wordt nooit opgehaald; niemand neemt de moeite uit die doolhof de bakken met afval te zoeken en weg te slepen. Wat maakt het uit? Wij wonen er.

Toen ik die middag thuiskwam, stonden voor de deur twee platte karren. Houten wielen met een plat houten draagstel; kapslepers heten zulke karren. Mijn vader heeft ze nodig voor zijn olietransport, maar als ze zo staan, kan ik mijn huis niet in. Ik pakte een van de lange bomen en trok de achterste kar dwars over straat zodat er niets meer langs kon. Vaste gewoonte van me.

In het huis trof ik mijn broertje aan. Johannes zat niet op een stoel, maar hij hing er dwars overheen, zijn buik op de rieten zitting. Zijn flodderige broek was naar beneden getrokken zodat ik ook zonder de geitenlucht kon raden dat broertjelief met een blote piemel over de stoel lag te raggen.

Buikpijn, verklaarde hij onverschillig en hij bleef onbeweeglijk in de lucht hangen. Ik schepte water met de houten lepel en nam een paar grote slokken. In een hoek van de kamer paste ik met mijn schouders precies tussen een kast en de zijwand. Ik drukte mijn rug tegen de muur en gleed naar beneden tot ik op de vloer zat. Ik doe dat altijd. Op de muur staan zwarte strepen van het glijden. Ik voel met mijn rug de vochtige koelte van de watergeest die in de muur woont en die mijn rug prettig masseert. Mijn jurk schortte bij het schuiven langs de stenen op. Het zou me een rotzorg zijn. Ik strekte mijn benen op de vloer en rekte me zo ver uit dat mijn lichaam begon te trillen. Zo hingen wij in de kamer zonder een woord te zeggen.

Ik droomde die nacht van de Nouseuls, die op straat moesten slapen. Hoe zij zich oprolden in kartonnen dozen met reclames buitenop voor Salzkartoffeln en voor Spätzle en dat alle kinderen voor het slapengaan met een bosje engelwortel en alant naar de doos van de ouders moesten komen om netjes welterusten te zeggen.

Midden in de nacht schrok ik wakker. Ik stond op, liep in mijn nachtjurk naar het raam en keek naar buiten. De maan smeerde een wit licht over het gebroken cement en over de resten pleisterwerk. Ik luisterde naar de egels en de frislingen die zachte krasgeluiden maakten in de droge bladeren, naar het tinkelen van de belletjes van de hop, naar de tijd die op kousenvoeten voortstapte.

Hoog achter me in de bergen wist ik de kleine kapel. Daar had het marmeren beeld van de slapende jongen gestaan. Met enige plechtigheid was het geliefde beeld een week geleden in de gerestaureerde ontvangstzaal teruggeplaatst. Dat is zijn route geweest: van het meer naar de kapel en daarna van de kapel naar de ontvangstzaal in het stadhuis. Niemand wist het. Ik wel.

De vage gedachte dat ik alles verkeerd had gedaan. Dat ik nog kon vluchten.

Bezoek in huis. Vreemde, schelle stemmen drongen door tot in mijn slaap en vormden spookgestalten in mijn dromen die mij langs het meer joegen. Ik ontwaakte in een ongeruste spanning. In de kamer stonden twee vrouwen en twee mannen. De vrouwen kende ik niet. Een van de mannen was Genzinger, de vader van Louise, de ander was die slome van Rehm. Van het heiligdom. Het gesprek was bij mijn binnenkomst stilgevallen. Door een scheur in mijn nachthemd was mijn heup ver zichtbaar.

Vader keek om, loerde een tijd broeierig naar zijn dochter en zei dat ik me fatsoenlijk moest gaan kleden. Na deze oerstomme opmerking volgde een pijnlijke stilte. Moeder zei raadselachtig:

'Lui uit de hoofdstad. Je moet uitkijken. Met je dochter.'

'Ja, met je dochter,' papegaaide vader.

'Je moet oppassen,' zei moeder.

'Waar moet je voor oppassen?' vroeg ik.

'En leid ons niet in verzoeking.' Met zulke toverformules sloot moeder discussies af.

'Waar gaat het in godsnaam over?' vroeg ik.

Dat mocht de delegatie zelf vertellen.

'De vier heren willen iemand hebben.'

Stilte. Raadselachtige mededeling. Ze wachtten op vragen van mijn kant. Dan hoefden zij zelf geen moeilijke woorden te verzinnen. Ik gaf geen krimp en bleef terugkijken.

'Het gaat om huishoudelijk werk. Ze willen jou als hulp. Het zijn natuurlijk onhandige mannen,' zei een van de dames, waarop de anderen haar corrigerend aankeken.

'Waarom ik?'

Nou, van vier kanten antwoord. Zij hadden geselecteerd. Zij hadden de heren geadviseerd. Alleen ik kwam in aanmerking. Ik was niet op mijn mondje gevallen, ik kon me best verdedigen.

'Jij hebt, zeg maar, een reputatie,' zei een dame en ze

maakte een gebaar alsof ze haar handen inzeepte.

'Wat voor reputatie?' Ik kon het niet laten. Had ik niets gevraagd, dan hadden ze het bij die ene opmerking gelaten en ik wilde ze dwingen te zeggen waar het op stond. Waar bemoeiden ze zich mee, die kutwijven.

'Je haar,' zei de andere dame.

'Je bent nogal makkelijk, zeggen de jongens,' voegde de eerste dame eraan toe. En na een stilte: 'Je schaamt je nergens voor, zeggen ze.'

'Wat is er met mijn haar?' vroeg ik. Ik wist precies wat dat mens bedoelde. De vier staarden naar mijn verwarde haren.

Op dat moment kwam Karl Pertl binnenvallen, luid klagend dat er geen mens door kon. Of we die rotkarren ergens anders wilden plaatsen. Wat een geschreeuw. Midden in de kamer. Ik riep: 'Flikker op.' Nou, mooi dat hij stil werd en de deur uit ging.

'Het gaat om huishoudelijk werk?'

De dames knikten.

'Wat heeft die reputatie er dan mee te maken? En mijn haar?'

Opmerkingen over mijn haar, daar gaf ik geen cent voor. De schijnheiligen bekeken alles van mij, maar niet die blote dijen. Ze zorgden dat hun blik daar niet op viel. Elke haar boven op mijn kop werd bestudeerd. Genzinger, nota bene de vader van Louise, die dacht dat hij een voorbeeldige dochter had. En die Rehm met zijn wierookstaafjes, wat een zakkenwasser.

'Ze moet niet gaan,' schreeuwde vader. 'Ze hebben jonge mensen nodig? Prima. Mijn dochter mooi niet. Die gaat niet naar die heren. Die komt verkracht en zwanger terug.'

De dames keken geschokt.

'Voor huishoudelijk werk kunnen jullie beter mijn moeder vragen.'

'Die komt niet in aanmerking. Dat hebben ze uitdrukkelijk gezegd. Een van de kinderen. Veertien of vijftien jaar oud.'

'En als ik weiger?'

'U moet wel,' zei een van de dames zacht. Ineens een vreemd soort beleefdheid.

Ik keerde me om. Eerst maar aankleden, dacht ik. In de kamer maakten ze ruzie. Flarden drongen door. Het interesseerde me nauwelijks waar de ruzie over ging. Mijn vader werd gemaand dat hij op moest houden met schreeuwen.

Toen ik terugkwam in mijn zwarte jurk zat mijn vader krom op zijn stoel. Helemaal voorovergebogen. Hij wreef met zijn handen over zijn gezicht. Andere vaders zijn grote sterke mannen met mysterieuze beroepen. Mijn vader liep met een kapsleper de boeren af en rook naar petrolie. Mijn vader zat te janken en had niet eens in de gaten dat er snot uit zijn neus liep en dat zijn bovenlip smerig was. Niemand had hem geslagen en toch zat hij te janken. Met vier vreemden erbij. Ik stikte zowat. Weg, dacht ik.

'Ik ga mee,' zei ik tegen de twee vrouwen. 'Breng me naar het Amorosi Bei Huis.'

Mijn vader hief zijn hoofd op, keek met een onbegrijpelijk domme blik en met een kleddernat gezicht naar zijn dochter, wreef driftig over zijn gezicht en zei met heldere stem: 'Trek tenminste iets fatsoenlijks aan.'

Op dat moment werd moeder alert. 'Dat kind moet wat meekrijgen,' kakelde ze. Ze stond op en repte zich langs een van de gasten naar de keuken, waar ze zoals gewoonlijk, inwendig vloekend, pannen heen en weer ging smijten in de hoop dat die door Gods voorzienigheid vanzelf gevuld werden.

'Haalt u maar iets,' zei een van de dames met een troostende hoofdknik naar vader. 'Het maakt geen goede indruk als het kind er uitdagend bij loopt.'

Ik stond lange tijd midden in de kamer, een eigenwijs slachtoffer, mijn korte blonde haren alle kanten op. Ik moest oppassen dat ik niet het contact met de werkelijkheid verloor.

Mijn vader, die kennelijk in mijn kast en onder mijn bed had staan neuzen, kwam tevoorschijn met een arm vol totaal verkeerde kleren.

'Vouwt u ze maar tot een bundel,' adviseerde een van de dames. 'Niet groter dan zo,' en ze wees met twee handen een nogal krappe maat aan. Moeder kwam de kamer in met een brood, een stuk geitenkaas en een pannetje dat ze voorzichtig voor zich uit droeg. Dat veroorzaakte paniek.

'Nee, nee,' riep de andere dame. 'Dat kan niet. Zo'n pannetje kunnen we echt niet meenemen.' Ze pakte het eten aan en zette het op tafel, maar ik zag dat even later moeder het pannetje opschoof naar de kleren die vader tot een bundel had geknoopt.

Ik werd door het stadje geleid. Dwars over het grote plein, de straat door en met enige haast als een dom pulletje het Amorosi Bei Huis in. Linksaf een gang in en, op aanwijzing van Genzinger, in een hal een houten salondeur openen. Daar stonden de vier die ik op de trap van het stadhuis gezien had. Ik hoorde het kraken van leer en van dik papier. Vier grote kerels, over een tafel gebogen om papieren of landkaarten te bestuderen. Ze draaiden zich als opwindpoppen om. Het bleef doodstil. Een van de heren zei na een tijd dat ik in de hal moest wachten. Hij sprak de woorden iets anders uit dan wij gewend zijn. Hoe lang heb ik in die hal gestaan? Eindelijk ging de deur van die vergaderruimte opnieuw open en de blonde die mijn onderlijf had gezien, vroeg of ik binnen wilde komen. Hij wilde mijn hand grijpen of misschien wat anders, maar ik hield mijn handen op mijn rug en ging met hem mee. Ik zag er zorgvuldig op toe dat er afstand bleef tussen zijn zwarte rijbroek en mijn jurkje.

De heren nodigden mij uit erbij te komen zitten. Dat klonk vriendelijk, maar ik bleef liever staan. Dan was ik snel en wendbaar. Mijn eigen tengere positie tegenover die geharde uniformen. Het elastiek van mijn toegevendheid om blijvende schade te voorkomen. Ik nam tijdens dat eerste gesprek alle tijd om die kerels goed op te nemen. Ze hadden zich voorgesteld met naam, rang en functie en ze schoten daarbij in een stramme houding, maar ik moest zenuwachtig lachen en was hun namen na een minuut vergeten.

De oudste was een tamelijk lange man met een glad, rond gezicht. Hij droeg een bril met een smalle donkere rand, een zwart uniformjasje en een leren riem schuin over zijn borst. Ik noemde hem 'dr. Bril'. Hij zat afwachtend, peilend, met de handen op elkaar en hij deed niets anders dan mij bekijken. Ik kreeg de indruk dat hij meer lette op mijn reacties dan op mijn tieten. Hij was al oud. Op zijn uniformjasje prijkten onduidelijke insignes. Volgens mij was dr. Bril de baas.

Dan dr. Snor. Direct te herkennen. Zelf moest hij de brede pluk haren indrukwekkend vinden. Ik vond die snor in hoge mate belachelijk.

De derde droeg een burgerkostuum, met de fijne krijtstreep van een magistraat. Zijn gezicht toonde een vage glimlach alsof hij geen enkel antwoord van me vertrouwde. Hij maakte aantekeningen, schreef alles op. Zijn oren stonden wijd, zijn neus was vrij dik, zijn mond wreed, zijn kop kaal. Dr. Schedel.

De vierde kende ik van de vrachtwagens. De blonde, de jongste, de ijverigste, de fanatiekste. Hij salueerde het scherpst van de vier. Zijn gezicht leek op de snuit van een edelvarken. Zijn golvende haren waren onberispelijk ge-

kamd; strakke scheiding; hoog opgeschoren. Dr. Golfslag.

Om zes uur kwamen de dames Lotter. Moeder en dochter
kwamen met grote pannen aansjouwen. Ze stortten zich
met woeste, overdreven ijver op hun taak het de heren in
Amorosi Bei naar de zin te maken. Toen ze mij in de keuken zagen staan, zetten zij hun gamellen neer en bekeken
mij in mijn luchtige jurk alsof ze de zonde van het onkui-
se vlees zagen rondwandelen. Ik bedacht dat deze twee
zalvende wijven op geen enkele wijze tot bondgenoten
te promoveren waren. De damp uit hun ketels rook naar
uitgekookte vuile was en hun jurken waren bij de oksels
plakkerig nat van het zware tillen. Ik vluchtte zonder gebaar of groet een voorraadkamer in.

Op de eerste verdieping was voor mij een hoekkamer
gereedgemaakt met een bed waar een van de kinderen
Nouseul in geslapen had. De deur kon noch met een sleutel, noch met een grendel afgesloten worden. Dr. Golfslag had mij de kamer laten zien en wees in de gang naar
de kamers van de heren iets verderop. Ik moest niet voor
iedere scheet aankloppen – zo zei hij dat letterlijk, voor
iedere scheet – maar als er echt iets was, mocht ik storen
of de heren wakker maken.

Of ik een nachtzoen wilde? Hij vroeg het terwijl hij
akelig dichtbij kwam. Ik stond daar in die Nouseulka-
mer. Ik was doodsbang voor die vieze nachtzoen en voor
wat daarop zou volgen. Ik zag zijn natte lippen en zijn
lange vingers en de gerafelde gulp in zijn wijde broek,
vlak voor ik mijn ogen dichtkneep. Een donkere stilte en
toen hoorde ik de minst belangrijke, maar meest opdringerige van het illustere viertal (die ongetwijfeld een van
de komende dagen of nachten als eerste bezit van me zou
willen nemen of mij in zijn leren broek met zijstukken

zou willen hijsen) met vuurslaande laarzen het kamertje verlaten. De deur trok hij dicht maar zijn honende lach bleef tegen de muur kaatsen.

Het verbaasde me niets dat ik voor het inslapen opnieuw een scherp beeld zag van het meer: glad, stil, tijdens een kille avond, omringd door donkergroene bomen en struiken die in afwachting waren van een volgende windvlaag, of schreeuw, of vreemdsoortige beving.

Uit de aantekeningen van dr. S.

4

Een correct register is als pornografie. Het windt mij op, ik raak er verslaafd aan en ik verlang altijd naar verfijning en onontdekte mogelijkheden. Waar het om gaat bij registreren en administreren is de combinatiemogelijkheid van alle gegevens. Ik wil de afzonderlijke feiten aan elkaar kunnen koppelen. Iemand die een uitkering krijgt omdat bijvoorbeeld een tram zijn benen eraf gereden heeft, kan een tevreden invalide zijn. Maar als hij in zijn vele vrije uren steeds reisbiljetten koopt naar steden waar niemand van zijn familie woont en waar verdachte groeperingen vergaderen en kantoor houden, en hij heeft bovendien een telefoonrekening met buitenlandnummers of een jachtvergunning, dan kan de invalide een actieve organisator zijn van opruiende acties en dan kan de tevredenheid slechts schijn zijn. In de gaten houden.

Het is van groot belang lijsten aan te leggen. Bij de verzekeringsmaatschappij ging het om klanten en om beleggingen; bij de partij en in de politiek gaat het om burgers, activiteiten en legaliteit. Die lijsten vergen een duizelingwekkend aantal arbeidsuren en leiden alleen maar tot chaos en wanhoop als ze niet zorgvuldig aangelegd worden. Welke gegevens moeten die lijsten bevatten? Hoe zijn die gegevens terug te vinden? Hoe koppel je de gegevens aan elkaar? Het is ondoenlijk om van iedere burger een dossier bij te houden. Eerst moet uitgezocht worden welke burgers loyaal zijn, welke burgers verdacht worden van malversaties, wie belangrijk is, wie als een spin in een netwerk zit, wie contacten heeft met het buitenland, wie bereid is de orde te verstoren, enzovoorts, enzovoorts. Pas als je dat weet, kun je keuzes maken. Wie je wilt laten afluisteren, wie geschaduwd moet worden, wie gearresteerd, wie geïntimideerd. Wie gesteund moet worden, wie overgehaald moet worden, wie geëerd en beloond moet worden. Dossiers komen later. Als er goed geselecteerd is, als er niet lukraak dossiers worden aangelegd, kunnen ze uitgebreider zijn. Mijn taak is de registratie: het invoeren van alle gegevens en de mogelijkheden bedenken alles aan elkaar te koppelen.

Financiële situatie, schulden, aankopen, geloof, lidmaatschappen, strafblad, bekeuringen, scholing, vrienden en kennissen, vrijetijdsbesteding, kroegen en uitgaansgedrag, reizen. Het wordt genoteerd, maar als het een aan het ander gekoppeld wordt en gekoppeld oproepbaar is, dan is het inzicht in het doen en laten van de burgers compleet.

Ik heb kaartsystemen ontworpen en daarbij gebruikgemaakt van kleuren. Dat is het eenvoudigste: kleuren en opzichtig aangebrachte, eenvoudige tekens als driehoek, cirkel, balk, ster. Dan volgt het nummeren. Alle documenten, alle kaarten, alle brieven worden genummerd en op aparte kaarten worden de nummers verklaard. Zo ontstaat een systeem van doorverwijzingen. Daarna heb ik de mogelijkheden van tabs onderzocht en uitvoerig toegepast.

Toen kwamen de ponskaarten. Ik heb het hollerithsysteem bestudeerd en op onderdelen verbeterd. Ik heb kaarten gemaakt met randponsingen die elektrisch geselecteerd kunnen worden. In combinatie zijn mijn systemen tamelijk volledig.

Het doel is een geordende maatschappij van gehoorzame en nette burgers waarboven een overheid staat die in alles inzicht heeft en daardoor alles langs afgebakende paden en wegen kan laten lopen. Sterk, gezond en daadkrachtig zal die maatschappij zijn.

Wat mij daarbij invalt is de volgende overeenkomst. Het is de jeugd die onder de registers uit wil en het zijn de volwassenen die van de registers gebruikmaken. Net zoals de vrijblijvendheid van de jeugd inferieur is aan de ernst van de volwassen maatschappij, is de vrijgevochten, ongeordende, niet geregistreerde samenleving inferieur aan de in kaart gebrachte, volledig geregistreerde samenleving.

Wat dat betreft, lijkt het wel of in Lodron de jeugd het voorbeeld gaf. Het is in dit vunzige stadje een zootje. Aan de linkerzijde jaagt de varkenshoeder Yppold zijn zwijnen en aan de rechterzijde probeert men met het branden van wierookstokjes de godsdiensten van woudtrappers en oerwoudbewoners na te bootsen. Walmend smeekt de kronkelende wierook de genezing af van een halfdood familielid of vraagt de goedkeuring voor een nog niet openbaar gemaakte koppelvorming. Wat moeten we in deze moderne eeuw in een beschaafd land met zo'n poel vol achterlijke afgoderij? Zoiets hoort thuis in een lianenland. Op het plein staat een kerk. Dan zijn afgodsbeelden en wierookplaatsen overbodig. Er is één god en dat is die van ons. Die god hoort in de kerk thuis, dat is zijn plaats. Hij hoort een christelijke god te zijn. Punt, uit.

Eén opmerking over de wapens. Beneden aan de weg staan de vrachtwagens en wij hebben genoeg vuurwapens om de bevolking gehoorzaamheid en onderdanigheid af te dwingen. Natuurlijk kunnen wij alle wegen afgrendelen. Niemand zal dan het stadje verlaten, voor geen enkel doel, onder geen enkele voorwaarde. Al komen de varkens en de vrouwen om van de honger. De vraag is alleen of we dit moeten doen. Het is ook onze stad. Onze stad en ons land, waar we trots op zijn. De bevolking moet leren hoe de hiërarchie in elkaar steekt. Er zijn veel goedwillenden. Dus we dreigen niet en we grendelen niet af. Wij willen inzicht. Wie wat is. Wie waar is. Wie voor ons is en wie tegen ons is.

Augustine. Augustine Nettl. Veertien jaar. De brutale blonde. Laat ik vertellen hoe zij de grote salon binnen kwam.

Wij zaten rustig te praten, gebogen over kaarten of over een plattegrond, toen we bezoekers hoorden. Het gestommel in de gang en de voetstappen van een onbekende namen snel in geluidssterkte toe en omdat de andere heren zachter gingen praten, dacht ik dat zij zich net als ik ergerden aan het lawaai. Vlak voor de deur hield het schurend geluid op. De houten salondeuren bewogen. Nee, ze trilden. Nee, ze raakten los van hun scharnieren. Terwijl ze al die dagen zwaaiend waren opengogaan, dat wist ik zeker, zag ik duidelijk dat ze schuivend weken. Er viel licht vanaf de gang de salon binnen. Dat kon helemaal niet, dacht ik, want de salon had grote glazen lichtkoepels en in die zijgang heerste overdag een halve duisternis. Een steekvlam zette de deuropening in lichterlaaie, alsof er tondels en fakkels werden aangestoken. In die vonkende rechthoek tussen de deuren stond een meisje van een jaar of dertien, veertien. Haar nietig postuur werkte als een zwavellont en zij vulde de ruimte tussen de twee hoge helledeuren met flonkervuur. Een hittebestendige engel die ons een onbegrijpelijke boodschap kwam brengen. In haar haren speelden blonde vlammen die niet brandden. De luchtstroom zoog haar zwarte jurk naar achteren, waardoor haar vormen van zeer jonge vrouw aan ons getoond werden. Achter haar rug raakte de zwarte stof in een kluwen, ontvouwde zich, wapperde schuin omhoog en vormde achter en boven haar twee vleugels, die zich slagpen voor slagpen openvouwden.

49

Ik staarde naar de verschijning in de deuropening. Bloed, kleur en gevoel leken uit mijn gezicht, vervolgens uit mijn lichaam weg te trekken.

De drie andere heren, die met hun rug naar de deur hadden gezeten, keken op van de plattegronden en draaiden zich om. De betovering was kennelijk niet voor de andere heren bedoeld. Zij kromp ineen, vouwde zich op, legde alles af wat zonderling of buitenissig kon schijnen en vertoonde zich als een blond meisje van veertien jaar in een korte, zwarte jurk.

Ze kon op de gang wachten, zei dr. Bril.

Ze sloot de deur achter zich.

Ik waarschuwde de anderen dat ik mij onwel voelde. Dat ik te veel gedronken had bij het middagmaal.

Curieus, zei dr. Bril; hij probeerde zich te herinneren hoe vaak wij getoost hadden. Wat mankeert je?

Ik legde uit dat mijn waarneming in de war was. Dat ik het gevoel had dat het licht in de salon zwakker werd. Ik leed aan tunnelvisie. Niet figuurlijk, maar letterlijk. Alsof de salon en de heren zich in een tunnel of een koker bevonden. Het leek of de deur, open, dicht, het enige voorwerp was dat ik kon zien. Of de hele salon daaromheen wegviel of zwart werd. Het ging wel over. Het werd alweer beter.

Had ik daar vaker last van?

Nee, dit was voor het eerst.

Moeten we die griet wegsturen?

Nee, laat maar komen.

Toen Augustine weer verscheen – heel gewoon, wat langzaam, maar dat was om te treiteren; ik vond mijn reactie van zo-even schandelijke aanstellerij, maar toch durfde ik niet goed te kijken, uit angst dat de verpletterende indruk die zij bij eerste binnenkomst gemaakt had, mij opnieuw zou overweldigen – maakte ze een licht belachelijke buiging, een begroetingsgebaar uit een boerendorp. Ze nam ons op en het was duidelijk dat ze van elk van ons een afdruk in haar hersens opsloeg. Absoluut geen dom wicht, begreep ik. Dat ze zweeg als iemand iets vroeg of dat ze een nietszeggend antwoord gaf, wees niet op achterlijkheid. Het was eerder raffinement. Dr. Bril begon bij het vierde of vijfde ontwijkende antwoord diep te zuchten.

Plotseling stelde zij een vraag. Met welke van de huishoudelijke klussen zij moest beginnen. Wat hadden wij, de heren, het liefst?

Ik drukte een vinger achter mijn opstaande, scherp gevouwen, gesteven boord.

'Ja, ja,' zei ik, wat niet direct een antwoord op haar vraag was. In haar ogen las ik een diepe minachting.

'Die twee van Lotter brengen het eten, heb ik gehoord,' zei ze.

Hoe moet ik haar stemgeluid omschrijven? Haar melodische, verleidelijke stem die vanaf dat moment in mijn schedel bleef naklinken. Een tikkeltje aarzelend, alsof zij de juiste woorden zocht, maar ieder woord drong scherp tot de aangesprokene door. Dat wist ze. Ze kende het razende effect van haar honingzoete stem, die zo prachtig bij haar blonde, onschuldig ogende, tegendraadse haren paste.

Dr. Bril had met een knik haar opmerking beantwoord.

'Dan hoef ik dus niet te koken.' Een adempauze. 'Prettig voor u want ik kan niet koken.'

Dr. Golfslag zat te kwijlen, zag ik. Die boog zo ver naar voren dat het leek of hij zijn kop op de grond wilde leggen om onder haar jurk te kunnen loeren. Ik moest iets zeggen.

'Bepaalt u dat zelf maar. Van dat huishouden. Wat u noodzakelijk lijkt. Van tijd tot tijd zullen wij u bevragen en als vanzelf zullen de gesprekken wat gemakkelijker verlopen. Wat intiemer. Hopen we.'

Vond ze me onbetrouwbaar? Een schuinsmarcheerder? Werd ze argwanend?

De dames Lotter hadden voor de duur van de dienstverlening hun restaurant aan het grote plein gesloten. De moeder had een sleutel van het huis en kwam die avond als eerste sloffend de gangen in. De oude vrouw was in het zwart gekleed. De dochter had een donkerpaarse japon aan met opgestikte versierselen. Hun gerimpelde, verweerde gezichten (altijd buiten zitten wachten op klanten, had Oefele verteld), met de strak gekamde haren vanuit een scheiding in het midden en de wijd uitstaande oren, deden aan de koppen van chimpansees denken. Niemand die op de gedachte kon komen dat deze twee vrouwen een smakelijke maaltijd zouden voorzetten. Wij spraken af dat bij het eerste gerecht dat ons niet beviel, wij die twee oude wijven met hun apentronie in de hete schotels zouden drukken.

Golfslag en ik kwamen die avond tegelijkertijd op de gedachte Augustine te begroeten. Ik ging als eerste naar de keuken. De blonde engel zat voor zich uit te staren. Het bordje eten dat de dames Lotter op het laatste moment voor haar neergezet hadden, stond er nog. Ze had met een vork in het eten zitten prakken en roeren, maar ze had er geen hap van genomen. Ik nam me voor de chimps te waarschuwen dat ook Augustine topgerechten geserveerd diende te krijgen. Ze nam geen notitie van mij.

In die starende stilte marcheerde dr. Golfslag de keuken binnen. Hij plofte op een stoel tegenover haar neer en schoof gezellig bij. Ik zag dat Augustine verstarde.

'Ik zal je laten zien waar we slapen,' zei Golfslag gretig

en hij maakte een roofdierbeweging met zijn nek en zijn adamsappel.

'We?' vroeg Augustine.

Ik zag dat het lauwe, zuur ruikende voedsel op het bord een vettig glimmend gezicht vormde, dat net als dr. Golfslag, bepareld met zweet, met verzakte natte mond en met wit uitgeslagen reuzel-ogen naar haar lonkte.

'We?' vroeg Augustine, doodsbang natuurlijk.

Golfslag grijnsde. 'Ja. Ik wijs je jouw kamer en jij moet weten waar wij slapen. Voor het geval je dringend behoefte hebt aan een van ons.'

Augustine probeerde erachter te komen of hij grappen maakte en zogenaamd leuke dubbelzinnige opmerkingen, maar Golfslag en ik zaten erbij als doodernstige dienstkloppers.

Augustine verdween met dr. Golfslag naar de eerste verdieping; ik bleef in de keuken staan. Ik schoof haar bord weg, raakte de warmte van de vork aan en legde mijn hand op de zitting van haar stoel. Ik voelde mijn lichaam tot bedaren komen.

De verwarring sijpelde uit mijn lijf, alsof diep in mij een kraantje zat waar de gifgroene ontreddering eenvoudig uit getapt kon worden, waarna ik alleen nog maar de binnenkant van mijn vaten hoefde te poetsen.

Vierde verhaal van Augustine
De tongende koningin

Het vochtige terrein bij het riviertje trok als een moeras. Wie niet naar het schooltje moest of mee moest helpen in het huishouden, was 's zomers te vinden in dat zompige gebied onder aan de stadsmuur. De ouderen vroegen er nooit naar. Iedereen zweeg erover. Nooit kwam een volwassene bij ons kijken.

De kleintjes speelden in een breed gedeelte van de rivier waar het water lieflijk rond de grote witte stenen spoelde. Dat ondiepe deel lag aan de andere kant van de hoge brug en het was noch vanaf de brug, noch vanaf de stadsmuur te zien. Wij zaten op de witte stenen, gaven elkaar raadseltjes op, vergeleken onze roze vingernageltjes of wisselden rijmpjes uit. Of we vingen onschuldige visjes of kikkers om die thuis toe te spreken en op te voeden. Als we aankwamen, trokken we onze kleren uit. Van de eerste aankomst tot het late afscheid was ieder kind spiernaakt. Nieuwe kinderen die hun kleren wilden aanhouden, werd hardnekkig duidelijk gemaakt dat dat niet kon. Volhoudertjes werden bespot door een rij gillende kleuters die met hun heupen tegen elkaar kletsten terwijl anderen vlak voor de doodsbange broekjes door het water spetterden. Vervolgens werd door enkele groteren het kledingstuk uitgerukt. Dat leverde huilpartijen op die opnieuw wreed werden weggehoond. Of woedende kinderen die hun boeltje bijeen pakten en wegliepen. Ik weet donders goed dat de zomers die ik in dat ondiepe water heb doorgebracht, mijn meest zorgeloze tijd vormen. Vijf jaar was ik toen ik dat moeras op eigen houtje ontdekte.

Het leven was in die allereerste beginjaren net zo kristalhelder als het vriendelijk stromende water. Wij probeerden de vissen en salamanders en kikkers te pakken. Meestal liet het kind de slijmerige vis of de spartelende kikker snel los, want het gladde leven wilde zijn eigen gang gaan. Later kwam de tijd dat de gevangen kikkers stiekem werden stukgeslagen op de stenen, dat wij elkaars lichaam becommentarieerden (wie kussentjes had, wat voor nek de ander had, hoeveel je woog en dan lekker optillen), dat er wedstrijden ontstonden. Je was ongemerkt begonnen aan de reis naar het meer.

Het meer was een nog dieper verborgen plek tussen de warrige bomen en struiken. De rivier maakte daar een ommetje. Dat wil zeggen: een deel van de rivier stroomde rechtdoor en volgde de bocht van de stadsmuur; een ander deel, een geheimzinnige aftakking, stroomde na enige afstand uit in een klein meer en boog verderop terug naar de hoofdtak. Dat meer was de verborgen vrijplaats van de dertien-, veertien- en vijftienjarigen.

Op een van de dagen dat ik in mijn blote wereldje gelukkig was, een waternimf die de kleine kinderen voorging en bloemenslingers door het water trok, een Rijndochter die in deze onooglijke zijtak geschenken als insecten en padden uitwisselde, wees iemand naar mijn lichaam en riep dat ik tieten kreeg. Dat had ik zelf al geconstateerd, maar ik had er geen aandacht aan geschonken. Het waren zulke kleine tiethummeltjes. Bibberende stukjes doofstom spek bij mijn tepels. Meer niet. Raar, maar het zou wel wat worden. Het duurde een week voordat ik merkte dat de aandacht voor mij afnam. Dat kinderen mij ontweken.

Twee weken daarna gebeurde er iets anders. De elzenbosjes vormden een stevige beschutting; niemand stoorde ons. Toen op een middag enkele bloemvormige gezichten oplichtten tussen de ronde bladeren, wisten de andere kinderen niet of die giechelende bloemen er altijd waren geweest of dat ze voor het eerst verschenen. Alleen ik zag dat het twee jongens van de familie Nouseul waren, Joachim en Gottfried, en dat die twee hiernaartoe geslopen waren om mij te bespioneren. Dat besef maakte mij zwaarder en zwaarder zodat ik in het water zakte tot het grootste deel van mijn lichaam omspoeld werd en ik in dit heldere riviertje althans de illusie had dat mijn lijf bedekt was. De volgende dag bleef ik thuis.

De rattenvanger van Lodron, de ontsteker van noodlottig vuur, trok van het kleine plein naar het grote plein, van de smalle straten naar de brede straten, van de stad naar het lagergelegen bos en uiteindelijk naar het verscholen meer. In mij plantte hij een tomeloos verlangen om mee te doen, om erbij te horen, om alles te ontdekken, om niets van die ontzagwekkende seksualiteit te missen.

Vlak voor het Amorosi Bei Huis, waar de Nouseuls woonden, liep ik Joachim Nouseul tegen het lijf. Joachim probeerde snel weg te lopen, maar ik ging voor hem staan. Ik zag hoe hij schichtig over me heen keek. Alsof ik een kruideniersaanbieding was, die hem werd opgedrongen, maar die hij niet besteld had en waar hij geen enkele trek in had. Joachim droeg zijn Karü-motorbril, schoof die voor zijn ogen, vond dat kennelijk toch te gek en duwde de bril weer omhoog.

'Lig je altijd onder die struiken te loeren?'

'Loeren? Ik sta gewoon naar jou te kijken. Wij zijn met z'n tienen,' zei hij erachteraan. Dat sloeg nergens op.

'Je had daar niets te zoeken.'

'O nee? Jij stond met je lijf te draaien; je stond zelf uit te dagen.' Direct daarop: 'Mijn broer is gisteren veertien geworden.'

Hij verwachtte dat ik door zou lopen, maar ik wilde

iets van hem. Een gunst. Een begeleiding. 'Zullen we naar het meer gaan?' stelde ik plompverloren voor.

Hij begon aan een zin die, omdat hij moest spugen van verbazing, niet afgemaakt werd. Bedoelde ik dat wij samen, met z'n tweeën, wilde ik dat?

'Ja, waarom niet? Durf jij niet?'

'Tuurlijk wel. Waarom daarheen?'

'Ik wil naar het meer. Daar gebeurt het. Bij het meer. Ik wil naar het meer.'

Joachim wilde weglopen. Ik pakte zijn arm, gaf er een ruk aan en sloeg met mijn vuist hard op zijn schouder. Dat hoefde Joachim niet te accepteren en hij probeerde tegen mijn benen te schoppen. Ik was sneller. De hoge veterschoen van Joachim trapte in de lucht, zodat hij zijn evenwicht moest herstellen. Tegelijk griste ik de kostbare bril van zijn voorhoofd. Ik sprong twee, drie passen terug en zwaaide met de rubberen trofee.

Joachim beloofde mee te gaan. Ik verborg de motorbril in mijn jurk op mijn blote bovenlijf. Na afloop kon hij hem terugkrijgen. Zo liep hij als een krijgsgevangene met me mee. Stuurs, een halve pas achter me. Alsof wij niets met elkaar te maken hadden. Het historische bezit van Joachim schommelde tegen mijn al bespiede kersverse tietjes. Pas na de hoge brug deed hij zijn mond open.

Of ik niet wist hoe gevaarlijk het was bij het meer.

'Hoezo?'

Ik had maar één broer. Niet bepaald een vechtjas. De vorige was Sophie geweest. Ook alleen. Geen vriend, geen broer, geen Teutoonse ridder ernaast, zeg maar. In haar eentje, met haar tieten op een dienblaadje, bij wijze van spreken, zei Joachim met een grimas. Sophie. Die kende ik toch wel? Sophie had geprobeerd zich bij een groepje aan te sluiten. Niemand wilde; ze bleef alleen. Ze waren met z'n vieren gekomen. Ze hadden Sophie gevraagd bij wie ze hoorde. Dat kon Sophie niet zeggen. Ze hadden elkaar aangekeken. Sophie was 's avonds meegegaan. Daarna was het afgelopen, want Sophie kwam niet meer opdagen.

Wat was er gebeurd met Sophie, wilde ik weten. Misschien had hij gelijk. Misschien loerde er gevaar. Ik wilde niet bang zijn.

We stonden plotseling voor het water. Het was, vorig jaar in mei, stil weer met onverwachte windvlagen. De bomen en struiken leken donkerder groen dan in de frisse ochtenduren en het gerimpelde spiegelbeeld in het water werd beangstigend beschadigd als er een huiverende windvlaag over het wateroppervlak trok. Verder lagen het grote meer en de zandranden er zwijgend bij. Wat verwachtte ik? Stemmen? Een ritueel met het water waardoor ik opgenomen zou worden in een geheimzinnige gemeenschap?

Ik liep vol ongeduld langs het water toen ik merkte dat Joachim was blijven staan. Ik liep terug en pakte zijn arm beet. De plotselinge gedachte dat de geheimen van het leven voor mij vaag zouden blijven, gaf mij een pijnlijke steek van benauwenis. Ik wilde scherpe beschrijvingen, harde bewijzen en stomme Joachim weigerde die te geven. Ik trok hem mee langs het water, dat stiekem golfde en treiterend wachtte op een volgende windvlaag. Iedere keer als ik vroeg waar alles zich afspeelde, wees Joachim op het dichtstbijzijnde strandje zodat het mij voorkwam alsof alle randen van het meer met geheimzinnig genot gevuld waren.

Tot mijn verbazing greep hij mijn hand toen we op driekwart van de afstand liepen en het begon te schemeren. Op mijn spottende vraag of mijn Teutoonse ridder bang was, gaf hij geen antwoord.

In die meimaand, ruim een jaar geleden, in de tijd dus na het spioneren van Joachim en Gottfried en na het eerste aarzelende contact met Joachim, leefde ik noodgedwongen in mijn eentje verder. In dat alleen-zijn school een probleem. Wat was dat voor ijzeren wet dat je erbij moest horen? Dat het niet mogelijk was je af te zonderen? Ik wilde niets missen en wie er niet bij hoorde, zou niets ontdekken. Al werd je vernederd en gebruikt, al kwam je niet uit je woorden, al lukte het niet bij je leeftijdgenoten enige populariteit te verwerven, al was het vooral 's nachts schrikbarend, het was nog veel verschrikkelijker er niet bij te horen.

Ik probeerde een oplossing die mij na korte tijd zelf hogelijk verbaasde. Anton en Rose waren broer en zus. Zij liepen vaak met een Duitse herder rond. Antons praat was onduidelijk en binnensmonds. Hij zou vroeg een oude kop krijgen. Een verongelijkte ouwe rotkop, al op jonge leeftijd. Ondanks hun dwergachtige formaat hoorden ze bij de groten. Hun ogen stonden zijwaarts terneer, wat ze een bangelijk of huilerig uiterlijk gaf. Rose en Anton: het waren gelijkhebberige ruziemakertjes. Altijd verongelijkt, altijd zeurderig. Rose probeerde haar kleine lichaam wat op te vrolijken met een buitengewoon stomme, kleurige strik in het haar. Giftig vuurrood. Het gaf haar een kwaadaardig uiterlijk. Alsof de grote rode vlam haar hoofd dieper de schouders in drukte. Haar rug stond strak. Een bultig mensje zou het worden. Ik zei haar een paar keer gedag; prettig dat ik haar trof; eindelijk iemand die ik kende. Met zulke leugens en met zulke onzinpraat klampte ik mij aan die dwerg vast. Omdat Rose door de anderen gemeden werd, nam zij, na aanvankelijke argwaan, deze toenadering met beide handen aan. Of ik van Duitse herders hield?

Als je de grote weg af liep, kwam je bij het viaduct. Een roestige, gietijzeren constructie die gediend had als spoorbrug en waaroverheen kolentreinen en legertreinen hadden gereden. De spoorstaven waren ooit door somber zingende arbeiders verwijderd; de brug, laag en dreigend, lag nog steeds dwars over de weg.

Tijdens die hete zomer van vorig jaar stuitte ik op een durfal, die als de koningin van het wespennest tussen een aantal bewonderaars en vriendinnen troonde. Vrij en onverschillig tegenover het oordeel van anderen. Het meisje heette Louise, kwam uit het gezin Genzinger, waar opa, oma en vader twee meisjes grootbrachten, Louise en Elisabeth. In het gezin gedroeg Louise zich voorbeeldig, maar bij het meer raakte ze volkomen losgeslagen. Ze neukte voor geld, met iedereen die het gevraagde bedrag kon opbrengen. Ze deed daar niet geheimzinnig over en stimuleerde anderen het aanbod rond te bazuinen. Omdat Louise door een grote groep jongens en meisjes werd omgeven, kon ik ongemerkt aansluiten.

Het lijkt lang geleden, die zomeravond. Ik zag een ervaren meisje in Louise, zij zag in mij een trillend blond kind in een schandalig korte, zwarte jurk.

'Wie ben jij?'

Ik drukte de zuurbal in mijn mond met mijn tong opzij en mompelde mijn naam. Ik moest uitleggen waar ik woonde. Er viel een stilte en in die stilte hoorde ik iemand giechelen.

'Wat heb je daar?' Zij wees naar mijn mond, juist nadat ik de zuurbal van rechts naar links had laten verhuizen. 'Laat eens zien.' Het klonk neutraal, niet met een smekende ondertoon, niet als een nors bevel. Ik haalde de zuurbal uit mijn mond. Fout!

'Niet met je vingers, suffie. Doe niet zo smerig. Snap dat dan.'

De goedaardige toon maakte alles verwarrender.

'Gewoon in je mond. Kom hier. Doe je mond open.'

Ik kreeg het gevoel dat ik ertussen werd genomen. Iemand duwde me naar Louise toe. Ik klemde de zuurbal tussen mijn tanden en deed mijn lippen van elkaar. Louise keek aandachtig toe. Toen zei ze dat ze wilde proeven. Ze opende haar mond met de al volle, vrouwelijke lippen, stak een flitsend roze tongetje naar buiten en bracht haar gezicht vlak voor het mijne. Ik rook haar. Haar ogen lachten spottend. Kut, wat bedoelt ze nou? Ik kreeg een zet, waardoor ik me bijna in mijn zuurbal verslikte. Ik plaatste mijn handen op het bovenlijf van Louise.

'Raak me niet aan.'

Ze grepen me beet. Ik voelde hoe mijn handen werden vastgepakt. Ik zag uit mijn ooghoek een citroentje langsfladderen. Nu gaat het gebeuren, dacht ik. Mijn hoofd werd tot vlak voor Louises mond geduwd en gulzig, mond op mond, lippen op lippen, tong tegen tong, zoog en likte Louise aan de zuurbal tot ik hem tussen mijn tanden liet wegglippen. Mijn smeltende zuurbal de holte van de ander binnen.

De vriendschap met Rose had ik verloochend. Ik zocht uitvluchten, treiterde de dwerg en stuurde haar op een dwaalspoor. Ik raakte vertrouwd met de jongens en meisjes. Soms werd ik beetgepakt. De jongens waren niet echt vervelend. Ze deden vriendelijk maar wat moest ik met zo'n knul? Ik vroeg mij af of ik wilde worden als Louise. Voorlopig niet. Ik had recht op mijzelf. Ik hoefde niet alles te delen. Als er een zijn hand over mijn been liet glijden, voelde ik het juiste van mijn keuze. Wat had hij daarmee te maken? Hij bereikte een zone waar alleenrecht gold. Ik rolde dan van hem af en raakte hem expres met mijn elleboog tussen zijn ribben.

Er waren avonden dat de kinderen rustig met elkaar

zaten te praten. Wie niet bij een groepje was aangeschoven, dwaalde eenzaam rond. De kinderen volgden zo'n uitgestotene met de ogen en noteerden feilloos dat dat een kind was bij wie je geen aansluiting moest zoeken, want er was sprake van een besmettingsmogelijkheid. Zo'n eenzaam kind liep eerst stoer met takken te zwaaien, wist dat elke groep identiek zou reageren – 'hé, waarom kom je hier zitten, je stinkt' (en dan werd er vreselijk overdreven geroken), 'je moet naar huis' – en was halverwege de avond verdwenen. Naar huis. Met een omweg, want elk risico dat de ouders verbaasd zouden vragen waarom de eenzame zo vroeg thuis was gekomen, moest uitgesloten worden.

Op zo'n avond zag ik Rose lopen. Hoofd tussen de schouders getrokken, grote, rode strik en in haar handen een bal, vleeskleurig met rode vlekken, die leek op haar eigen bolle gezicht. Daar liep de dwerg met haar eigen hoofd voor haar buik. Een knappe goocheltruc, maar niet leuk genoeg om Rose uit te nodigen erbij te komen zitten. Ik zat bij de groep van Louise en wist dat Rose nooit zou durven aanschuiven. Inderdaad bleef ze op grote afstand staan met haar ene nekloze hoofd tussen de schouders en haar andere tussen de handen en telkens als ik opkeek, gaf Rose een teken dat ik met haar mee moest gaan. Uiteraard bleef ik zitten waar ik zat en negeerde ik de tweekoppige dwerg. Tot een ander er genoeg van kreeg, opstond, vlak voor Rose ging staan en met armen en benen wijd gespreid een regendans uitvoerde. Het hielp niet.

Toen voltrok koningin Louise het definitieve vonnis. Ze zou alle verhoudingen eens en voor altijd duidelijk maken. Zij stond op, trok haar jurk omhoog zodat schokkend zichtbaar werd dat ze daar niets onder droeg, plofte wijdbeens op me neer en begon me hartstochtelijk te zoenen. Rose zag alles. Ze draaide zich om en begon aan haar lange weg naar huis. Alle verhalen over mijn nonchalante omgang met jongens, over mijn minachting ten opzichte van elke seksuele moraal, over het gemak waarmee ik me laat pakken, zijn door Rose in het stadje verspreid.

Er waren avonden dat iedereen schreeuwde en uitdaagde. Dat uitdagen betrof het naaktzwemmen en het duiken onder het ijzer door.

De meesten hadden in hun kindertijd, verderop in de rivier, probleemloos naakt in het water gespeeld. Hier was het anders. Hier kon je worden uitgelachen en dus waren er veel die niet meededen. Bovendien ging het niet eens om het naaktzwemmen zelf als wel om het uitkleden op het zand naast het meer, waarbij iedereen toekeek. Ik had lang gewacht op een geschikt moment om alles uit te trekken en mee te doen. In die weken werd ik scherp in de gaten gehouden. Precies voor er een teleurgesteld verwijt uitgesproken kon worden, trok ik op een avond mijn jurk uit. Vlak voor de verbaasde ogen van Louise. Ik liet haar rustig kijken, trok mijn broekje uit en dook sierlijk vanaf de grote steen in het water.

Dat duiken onder het ijzer door had niet met schaamte te maken, maar met gevaar. De gietijzeren constructie die schuin over de weg hing, was maar een klein deel van de oorspronkelijke spoorweg. De brug had bestaan uit twee parallelle delen, een deel voor de wagons naar Lodron en terug en een ander deel voor een baan naar een verderop gelegen stad. Toen eenmaal bepaald was dat de spoorlijn in vredestijd onrendabel zou zijn, bleef dat gevaarte nog jaren liggen voor er gekeken werd hoe het verwijderd kon worden. Het was een van de goede eigenschappen van dr. Oefele dat hij niet toestemde in het blijvend ontsierend roest, maar dat hij bleef zeuren en klagen, zodat de spoorwegmaatschappij begon met slopen. Eén baan werd verwijderd, doorgezaagd met een hels verschijnsel van vonken en gierend geluid, maar de maatschappij ging failliet. Lodron zat opgescheept met een restant en met een vraag. Het grootste deel van de gietijzeren constructie lag nog steeds schuin over de weg. De vraag: waar was het al verwijderde deel?

Tot wij na de strenge winter, in het diepste deel van het meer, direct onder het wateroppervlak en half weggezakt in de modder een geweldige constructie ontdekten die een toverachtig schouwspel opleverde van het knarsige roestrood en de voortwoekerende groene waterplanten die zich er onbegrijpelijk snel doorheen gevlochten hadden.

De vals heen en weer deinende, aan elkaar geklonken binten, dwarsverbindingen en hekken vormden onder water een lange, loerende gang van driehoekige compartimenten. Het vraatzuchtige ijzer hield zich schuil achter de waterplanten en had zijn tentakels zo diep in de modder gedrukt dat je je nauwelijks tussen bint en bodem door kon wringen. Het bleek mogelijk de gietijzeren tunnel binnen te kruipen en tussen de driehoeken door te zwemmen; dan maar zien hoe ver je kwam. Aan de lange zijde kon je gemakkelijk uit de ijzeren kooi ontsnappen en naar boven komen. Er werden wedstrijden gehouden wie het verst kwam. Uiteraard moest het water helder zijn, anders raakte je snel verdwaald. Helder water had bovendien het voordeel dat de anderen konden zien hoe het lichaam van de durfal tussen de begroeiing en tussen de roestbinten verdween, een weg zocht, tot zuurstofgebrek de zwemmer naar boven dwong. Nog nooit had iemand de hele brug door kunnen zwemmen.

Alleen degenen die naakt durfden te zwemmen, mochten door het ijzer duiken. De jongens durfden wel, sommige meisjes ook. Louise niet. Dat hoefde niet. Die gold als beloning.

Kampioen ijzerduiken was ongetwijfeld Joachim Nouseul. Niet Louise, maar Joachim, vertrouweling uit de kring intimi rond Louise, werd degene die ik op het eind van vorig seizoen iedere ochtend opwachtte.

Uit de aantekeningen van dr. S.

5

Wij hebben ze zelfs onderschat. De kinderwereld, van nature ongeordend en vrijgevochten, is in deze contreien een giftige wereld. Het liefst zouden wij die kleine hoeren naakt op een rij zetten en hen met de zweep het nodige fatsoen bijbrengen. De ouders letten te weinig op die kleine krengen. Zij krijgen de kans hun eigen maatschappij te ontwikkelen en dat is een afschuwelijk denkbeeld. Wat ze uitspoken bij de rivier en bij het meer, is op geen enkele manier goed te praten. Als ik het goed begrepen heb uit haar verhalen, geldt bij dat meer vrij seksueel verkeer en dat gedrag is voorbereid door het naaktlopen bij de rivier. Die kinderen zijn klein en onschuldig, zo erg is dat toch niet: dat voeren de ouders aan nadat zij hun plichten verzaakt hebben. Dat is mooi niet juist. Pessimi exempli. Aantoonbaar.

Waar helemaal niet op gelet wordt: op deze manier ontstaan tal van ongewenste verbintenissen. Incestueuze, rasonzuivere, arm met rijk, intelligent met achterlijk. Er lopen geestelijk gehandicapten rond. Zieken. Want waar letten die kinderen op? Of het benodigde bedrag voor een seksueel avontuurtje bijeengebracht wordt. Het is godgeklaagd.

Het hele gebied moet met de grond gelijkgemaakt worden. Dat wil zeggen: alle bomen kappen, een brede autoweg aanleggen en de rivier door een diepliggende, betonnen bedding laten stromen. Overzichtelijk, helder en controleerbaar. Wij zullen dit plan voorstellen.

Wat wij niet goed begrepen hebben, is de precieze rol van Augustine. Wij hadden aanvankelijk het idee dat onze wens de leukste jonge meiden te krijgen voor de bediening in zoverre werd ingewilligd dat alle gezinnen hun eigen dochters beschermden en ver van ons weg hielden, maar dat iedereen dacht dat de dwarse oproerkraaier van het stadje met dat wilde onchristelijke kapsel wel voor dit werkje op kon draaien. Ze was de halve hoer van het dorp. Maar Augustine is om een heel andere reden naar ons gestuurd.

Intussen wordt het met het uur ingewikkelder, mijn verhouding tot die kleine smeerlap.

Mijn hallucinatie bij haar eerste binnenkomst was natuurlijk geen flauwte van mij, geen gevolg van te veel voedsel of drank, geen gevolg van een beroerde lichamelijke toestand. Ik had snel in de gaten dat ik door het verschijnen van dat kleine kreng en door niets anders volledig van de kaart was. Had ik mij mannelijker gedragen als ik luid vloekend was opgestaan en op haar was afgestormd om haar aan alle kanten van dichtbij te bekijken? Hebben de andere heren mijn aanstellerij voorlopig, voor de duur van het verblijf hier, bedekt met de mantel van de kameraadschap om later keihard uit te halen en mij de risee te maken van alle partijbijeenkomsten? Hoe had ik dit in godsnaam kunnen vermijden?

Vanaf die eerste ontmoeting met die blonde slet is een attitude gegroeid die ik liever niet bij mezelf had opgemerkt. De onkameraadschappelijkheid, de achterdocht, het achterbakse, dat ik in anderen altijd gehaat heb, is mijn deel geworden. Ik houd mijn kameraden in de gaten. Ik bespied hun gangen. Ik noteer alle blikken die ze in de richting van de schaars geklede getuige werpen.

Neem de avond dat ik naar Augustine in de keuken

ging en dat Golfslag vlak achter mij aan kwam. Hij zat er gewoon naar te solliciteren met haar de nacht door te brengen. En wat is eenvoudiger dan een in het nauw gebrachte getuige tot toegeeflijkheid te verleiden in ruil voor een betere behandeling, of voor vrijwaring van alle rechtsvervolging? Later is hij met haar meegelopen om haar een kamer te wijzen. Non libet; het bevalt mij niet. Heeft hij haar uitgekleed? Heeft hij haar met troostrijke woorden ertoe overgehaald hem ter wille te zijn? Ik ben die avond wel vijf keer naar de slaapkamers boven gelopen. Golfslag bleek op zijn eigen kamer te zitten. Hoe lang al? Dat was de vraag. En toen ik na een van die escapades in de salon kwam en Golfslag met Bril en Snor zat te beraadslagen, hadden ze toen over mij gesproken? Welke vreemde handelingen van mij hadden ze opgemerkt? Ik was geregeld naar haar deur geslopen, maar ik had geen enkel geluid kunnen opvangen. Geen zucht, geen snik, geen geruis van neervallende kleren.

Hoe spijt het mij dat ik de mooie hoekkamer gekozen heb. Het gevolg is dat juist mijn kamer zich het verst van die van haar bevindt, terwijl Golfslag pal tegenover haar slaapt, zodat een overstap voor hem een koud kunstje is. Hij zou er zelfs in slagen met een sprong in haar kamer te komen zonder de halvloer te raken, zodat het mij niet zou helpen om, gelijk de ridders deden toen zij wilden controleren of Launcelot en koningin Guenever een geheime nachtelijke ontmoeting hadden, zand op de vloer te strooien om de afdruk van de voet als bewijs te zien.

Op geen enkele manier kan mijn blonde Augustine een vergelijking met de door smart verscheurde koningin Guenever doorstaan, maar hoe kan ik de verdenking verdragen dat zij Golfslag met heimelijke vreugde en hartstocht in haar hoekkamer ontvangt. Juist als Guenever Launcelot ontving. Zij is in staat tot zulk boos opzet. Doli capax, zeggen wij, procuristen.

Wij hebben het verkeerde huis gekozen. Of, beter gezegd, ik had er niet in moeten toestemmen te wonen in een huis met zo'n romantische, zuidelijke naam. Amorosi Bei. Vrouw Oefele weet zeker dat de naam te maken heeft met een adellijke Siciliaanse die hier in het veel noorderlijker heuvelland haar Freiherr of haar Vazul had gevonden en vervolgens haar geliefde verboden had nog één stap buiten de deur te zetten. Teken aan de wand.

De twee Lotters hadden hun maaltijd geserveerd. Ze hadden hun best gedaan: het rook minder ranzig dan de eerste keer. Augustine had daarna voor koffie gezorgd, maar dr. Snor, die haar moest ophalen voor een ondervraging, had gezien dat ze melk én koffieprut had laten overkoken zodat er voor elk van ons een kwart kopje restte en het bij het fornuis een wanhopige puinzooi was. Ze was met een onverschillig air in de salon verschenen.

Op het allerlaatste moment schoof dr. Golfslag een laag, linnen stoeltje bij, nogal wankel, en grijnzend wees hij dat ze daar kon gaan zitten. Ik doorzag meteen zijn bedoeling. Onze kleine getuige zou in het linnen kuipje zo ver naar achteren glijden dat dr. Golfslag een ruim zicht zou hebben op haar vlekkeloos gebogen dijen en bovendien zou zij bij elke beweging van het wankele meubeltje die dijen spreiden om een evenwicht te herstellen en wie weet hoe ver Golfslag zou doorbuigen als hij de engtes en de passen te zien kreeg. Ik zei dat ze desgewenst kon blijven staan.

Dat het stadje Augustine naar ons had toe gestuurd, juist omdat ze haar verdachten, omdat de wanhopige ouders en hun vrienden het vermoeden hadden dat Augustine meer af wist van de tragische gebeurtenissen, bewees uiteraard nog niets. Het was duidelijk dat Augustine bij de meeste bewoners van het stadje niet goed lag en zeker de Oefeles moesten een hekel aan haar hebben.

Maar er was een kind spoorloos; ze hadden onze hulp gevraagd en wij moesten toch ergens beginnen. Bovendien ontbraken in onze registers de gegevens van dit bijna vergeten stadje en om deze hinderlijke lacune aan te vullen kon de kleine ons buitengewoon nuttige diensten bewijzen.

Ik beschreef de weg vanaf de plaats waar de vrachtwagens geparkeerd stonden tot het grote plein. Wie waar woonde. Welke samenstelling elk gezin had. We vergeleken namen op de lijsten die we van Blümml gekregen hadden met percelen die aangetekend stonden op de plattegronden en we vroegen de kleine spionne om bijzonderheden. Dat ging goed, tot ik iets zei over de stadsmuur en het nabijgelegen meer. Op dat moment klapte Augustine dicht. Ik knipte driftig met mijn vingers. Ze keek me niet aan, maar staarde naar de grote spiegelende piano.

Met een wilde ruk verschoof ik mijn stoel tot vlak voor haar. Een diepe ademteug en plotseling rook ik de kruidige opstandigheid in haar haren, de naar teer en nat hout en blauwe bessen ruikende vochtigheid van haar oksels, het zilte aroma van de huid op haar armen en benen. Zij verzette zich en probeerde weg te dromen. Ik zag dat ze zich onzeker voelde en hoe zij een uitweg zocht uit deze overvolle, ietwat oubollige salon. Ik rook haar nieren, haar zoete lippen, het zweet onder haar borsten. Ik wist dat geen druppel uit welke dure, kristallen fles ook het zou halen bij dit landelijk parfum van beloftes, koortsen, visioenen en betoveringen. Ik zat zo lang doodstil met wijd geopende neusvleugels dat de anderen mij aankeken. Zeker bang voor een herhaling van mijn reactie op haar eerste binnenkomst. Terwijl mijn lichaam en mijn geest zich te goed deden aan deze olfactorische indrukken, stelde ik mijn vragen.

Omdat zij haar aandacht hardnekkig op de spiegelende vlakken van de piano richtte, zag ik dat zij met dr. Snor zat te sjansen. Het was duidelijk dat ijdeltuit Snor zichzelf en zijn dansende knevel zat te bewonderen in de zwarte politoer. Ongetwijfeld probeerde zij zijn blik te vangen.

'Geef eens antwoord,' hoorde ik mijn hese stem zeggen. 'Wie waren erbij?'

Zij begreep mijn vraag niet. Zij noemde een naam, Nora, en omdat ze dacht dat dat niet genoeg was, de namen van de meelopertjes Annette, Aloisia en Dennis. De kwalificatie meelopertjes was van haar. De namen interesseerden me geen bal. Ik knikte nadenkend en maakte aantekeningen in het boekje op mijn schoot. Of ze die kinderen kon beschrijven.

Dat kon Augustine, al drukte haar hele houding uit dat ze bij god niet begreep wat het belang van haar beschrijving was. Nora heette Eleonora. Een klein bol kind van acht jaar. Ze had iets kwaadaardigs in haar blik. Niet dat iemand haar betrapt had op gemeen gedrag, maar zij, Nora, had er plezier in toe te kijken als er twee aan het vechten waren, als er iemand werd geslagen of als de grote jongens een meisje te grazen namen.

Ze hield verschrikt haar mond, alsof ze vermoedde dat ze te veel had gezegd en dat ze in een val was getrapt. Dan maar die andere drie. Die meelopertjes. Ik keek in mijn boekje. Die Annette, Aloisia en Dennis. Augustine vertelde. Die drie waren niet slecht, maar ze hadden nooit een eigen mening. Ze plukten bloemen. Maar ze waren direct daarop bereid diezelfde bloemen stuk te slaan op het hoofd van een van de andere kinderen als de stemming daarom vroeg.

Dr. Bril moest gnuiven. Hij vond het kennelijk komisch. Dr. Snor zat over zijn struikgewas te wrijven en Golfslag en ik keken haar verbaasd aan.

Een voorbeeld, verduidelijkte Augustine.

Die avond dronken wij bij de maaltijd meer flessen dan normaal. Dr. Golfslag stelde voor Augustine binnen te roepen en haar tijdens het afruimen op de vingers te tikken en voor straf op en neer te gooien. Tot ze splinternaakt was, zei hij kwijlend. Ik zei dat dat niet kon. Dat dat ons een getuige kostte. Wel op feesten, maar niet tijdens een onderzoek. Eventueel na afloop, maar niet nu we nog geen steek waren opgeschoten. Ze kon beter op de kaart adressen aanwijzen.

Dr. Bril was het met me eens. Golfslag zwaaide nonchalant.

We lieten haar staan. De smalle rug naar ons, alsmaar drinkend, gezelschap gekeerd. Haar jurk die meeademde. Haar billen die ze om de paar minuten samenkneep omdat ze pijnlijke spieren kreeg van het lange staan. De warrige, alle kanten uit staande goudblonde haren die getuigden van vrijheid en koppigheid. De dunne huid van een veertienjarige, volkomen gaaf, soepel en lieflijk.

Golfslag raakte op het laatst dronken en stootte zijn wijnglas om.

Ik zat met tranen in mijn ogen.

Veertien jaar. Soepel en lieflijk.

Wat wensen heren nog meer?

Vijfde verhaal van Augustine
De rasechte parels

Twee flessen Frankenwijn per maaltijd was normaal. De vierde dag van mijn gedwongen verblijf was er tijdens de avondmaaltijd een enthousiaste en daarna behoorlijk felle discussie ontstaan over het meer, dat tot verboden gebied verklaard zou moeten worden. De heren waren na de maaltijd blijven zitten en dr. Schedel had twee nieuwe flessen wijn gehaald. Soms hoorde ik vanaf mijn krukje in de hal de heren hard lachen. Een enkele keer meende ik mijn eigen naam op te vangen. Ik begreep dat ik tijdens mijn dienstverlenende taken zowel de heren te vriend moest houden, als tegenover diezelfde heren een behoorlijke afstand moest bewaren. De heren moesten het gevoel krijgen dat pas met mijn komst het beraadslagend groepje compleet was, en tegelijk mochten de heren niet met hun vingers vertrouwelijk aan mijn lijf en onder mijn jurk gaan pulken. Met zulke heren was het delicaat omgaan. Te grote toegeeflijkheid van mijn kant riep een sfeer op van nonchalance, van wie maalt erom; een al te weerbarstige houding riep een sfeer op van niet goedschiks dan kwaadschiks, we zullen dat loze krengetje eens mores leren. Dr. Schedel wenkte dat ik binnen kon komen.

Dr. Golfslag zat onderuit en tot mijn schrik zag ik dat hij zijn zware riem had losgegespt en dat de uiteinden opzij van zijn heupen hingen te slingeren. De knoop boven zijn gulp was losgemaakt en het overhemd bolde slonzig rond zijn lichaam.

Aan de muur hing een plattegrond van Lodron. Wijken waren ingekleurd; overal stonden cijfers. Dr. Bril zat met papieren in zijn handen. Ik zag dat de papieren vol stonden met nummers en handtekeningen. Ik liep naar de tafel en pakte de smerige borden. Dr. Bril noemde de naam van Nora. Of Annette en die Aloisia vriendinnen waren. Wat dacht die man wel? Of ik wist waar die meisjes woonden.

Ik reageerde niet en veegde de verkruimelde resten van het Schmalzgebak allemaal op één schaal. De heren hadden hun sigaren en sigaretten op de vuile borden uitgedrukt. Ik gooide een glas om dat half vol met wijn stond. Het glas brak gelukkig niet, maar de wijn verspreidde zich over het linnen. Ik zag dat Golfslag zat te grijnzen.

Of ik op die kaart daar ('Zet die borden maar terug') kon aanwijzen waar mijn vriendinnen woonden. Die achterlijke laatste woorden sprak hij aarzelend uit. Vriendelijke toon, dacht ik, alleen rook je het venijn.

Toen ik vlak voor de kaart stond, merkte ik hoe hoog die hing. Ik wist hoe kort mijn jurk was. Ik hoorde de gespannen stilte achter me en ik zwaaide pesterig en nonchalant met mijn arm over de kaart.

Er volgde een protest. Daar hadden ze niets aan. Dat was geen aanwijzen. Ik moest eerst nadenken en dan precies aanwijzen. Nora. Hoe heette ze verder en waar woonde ze?

De stem achter me was gemoedelijk begonnen, maar de laatste woorden klonken afgebeten. Ik stond met mijn gezicht naar de plattegrond, vlak voor de vlaggetjes die in de kaart waren gestoken. Dat zouden de wachtposten kunnen zijn. Niemand kon de stad in of uit. We zaten als ratten in de val.

Onder aan de kaart was de stadsmuur aangegeven en tussen stippellijnen was met helder blauw het water getekend. Het meer bevond zich op de hoogte van mijn gezicht. Langzaam veranderde het vlekkige blauw van het kleurpotlood in het echte water. In mijn hoofd klonken het gelach en de juichkreten van de jongens en meisjes. Wat mijn hele lijf vulde en wat mij diep adem deed halen in een uiterste poging alle gevoelens te beheersen, was een klotsend heimwee naar de avonden met Louise en Joachim, toen alles nog onschuldig was, toen er nog niets gebeurd was.

Achteraf schaam ik mij dood, omdat ik op dat moment als een klein kind in snikken uitbarstte. Zo heftig dat het spuug en de snotdraden die zich in mijn mond en neus verzameld hadden, in het rond vlogen en met klodders de kaart bevuilden.

De volgende dag stond ik vroeg op. Ik liep naar de keuken en bleef een tijd staan, één hand op het stenen aanrechtblad, met de andere de kraan open, dicht, open, dicht draaiend. Zinloos. Expres spettend. In het witte licht van de moderne lampen en van de dag die traag naar binnen klom. In de bak stond vuil, vettig water, want de heksen van Lotter verzorgden de maaltijd, maar ze weigerden de boel schoon te maken. Ik begon de glazen van de vorige avond af te spoelen. Reeds het derde glas stribbelde tegen; het bewoog zo tegendraads dat de kelk van de voet afbrak.

Wat een kutbaan. Ik trok mijn jurk op en krabde met een vinger in mijn gat. Jeuk. Net zat mijn kleding weer fatsoenlijk of dr. Golfslag danste of zweefde totaal geluidloos de keuken binnen.

Ik dacht dat de heren sliepen. Ik schrok zo dat het glas door de schok uit mijn hand sprong, omhoog wipte en toen ik het wou opvangen, sloeg het tegen de muur aan duizend stukken. Dr. Golfslag kromp in elkaar en hief zijn hand beschermend voor zijn gezicht, moest lachen, kwam achter me staan en drukte zijn handen in mijn zij.

75

Geloof het of niet, maar ik probeerde als een wegdistel te staan, met scherpe stekels en al.

'Schrok je van mij?'

Nu gaat hij zijn kruis tegen mijn kont duwen, dacht ik. Nu gaan zijn handen spoken. Maar hij liet los, zei dat de heren eraan kwamen en hij verdween naar de overkant, naar de salon. Ik knalde met mijn voet de keukendeur achter hem dicht, want ik moest mijn handen als kommetjes gevouwen boven elkaar houden. Ik bleek mijn vingers gesneden te hebben en ik bloedde flink.

Een uur later kwam dr. Oefele met zijn vrouw. Waarom mevrouw Oefele straal langs me heen liep, begreep ik niet. Toen ik bij een tweede ontmoeting vlak voor haar ging staan, pakte mevrouw me bij de schouder en duwde me weg zonder me aan te kijken. Alsof ik een in de weg staand naaitafeltje was.

Ik stond die middag in de keuken met mijn buik tegen het aanrechtblad aan te rijden, toen ik de Oefeles hoorde weggaan. Ik duwde me met een ruk van de aanrecht af en schoot naar de hal. Ik bereikte tegelijk met de jonge mevrouw Oefele de klapdeur. Wilde ik de eerste burgeres ervan overtuigen hoe de heren met hun administratie de bevolking opdeelden in nuttigen en nuttelozen, zoals je vee indeelt in eetbaar en niet eetbaar? Of wilde ik haar duidelijk maken dat ook ik ongelukkig was, een slachtoffer was? Wilde ik van iemand die ik kende, hoe vaag ook, wat steun, een vriendelijk woord? Door de haast botste ik tegen de deftige mevrouw aan, wat de indruk wekte van per se als eerste door de deur. Mijn schouder moet pijnlijk de borst van de dame geraakt hebben. Met een grommende kreet hield de burgemeestersvrouw in; ze trok haar hand terug die al bijna de knop van de deur raakte. Ze betastte haar buste als wilde ze de tweelingheuvel opschudden en opnieuw ordenen.

'Pardon,' zei ik zo beleefd mogelijk.

We stonden keurend naast elkaar: ik veertien jaar, een meisje dat zichzelf slachtoffer voelde, zij een jonge moeder van twee veelbelovende marinezoons. De burgemeestersvrouw doorbrak de stilte.

'Meisje, meisje,' zei ze. Even de hoop dat de woorden hulp beloofden; tegelijk het besef dat er iets vals in doorklonk. 'Dat het met jou zo moet aflopen.'

De blik van de overwinnares gleed langs mijn zwarte jurkje. Na de botsing was het bandje van mijn schouder gegleden en zij vatte dat op als een uitdaging.

'Kijk eens hoe je erbij loopt.'

Wat schoot er door mij heen? De roddel over het huwelijk van dr. Oefele met een veel jongere vrouw. De twee Oefele-kinderen met hun stomme matrozenpakjes. Mijn eigen verdriet en wanhoop. Het ging in een flits en mijn weerwoord kwam razendsnel na de pinnige kritiek op mijn kleding.

'Nou, u lust er anders ook wel pap van.'

Een idiote opmerking, bedacht ik op hetzelfde moment. Bedoelde ik dat dat mens van Oefele er slordig bij liep? Nou, de burgemeestersvrouw droeg een lange, hooggesloten zwarte jurk met een keurig sieraad om de hals. En als de hele schermutseling over uitdagen ging, dan was mijn opmerking een giller. Madame Oefele, getrouwd met zo'n ouwe bok. Verwarring. Schaamte. Maar ik kon die opmerking niet meer terughalen. En als je niet achteruit kan, dan maar vooruit. Dus sloeg ik nog een keer.

'Kutwijf,' zei ik er luid achteraan.

Mevrouw Oefele had na die pap-opmerking een overdreven verbaasd gezicht getrokken. Dat 'kutwijf' was voor haar volslagen duidelijk. Ze haalde uit en sloeg me hard in het gezicht.

Mevrouw Oefele droeg op haar zwarte jurk een lange ketting van kleine, ongetwijfeld rasechte parels. Ik hief mijn hand te laat om die klap af te weren, maar raakte verstrikt in de zwaaiende parelketting. Met het pijlsnelle reactievermogen dat ik me in de rivier en bij straatgevechten eigen had gemaakt, gaf ik een ruk aan de ketting. Ook al waren de parels op ijzerdraad gevlochten geweest, de ketting had geen schijn van kans die ruk te overleven en het volgende ogenblik kletterden, springend, alle kanten op kaatsend, in juichende jubel, duizenden kostbare parels op de marmeren vloer van de Amorosi Bei-hal.

Die avond, in het deftige bed van een van de kinderen Nouseul (soms kroop ik snuivend over de lakens om erachter te komen wie precies in dit bed geslapen had), overdacht ik de plannen van de heren. Als zij zo precies wilden weten waar iedereen woonde, dan moest dat betekenen dat zij onderzochten wie ze konden gebruiken. Dat betekende dat ze de jongens wilden ronselen voor hun militaire jeugdorganisaties; meisjes konden werk in de keukens doen; of zij moesten de heren vermaken.

Als de ouders verstandig waren, zouden ze ontkennen dat ze een jong, trouwrijp meisje in huis hadden. Die van mij hadden gezegd: hier, neem maar mee, doe maar lekker, de handleiding zit in het jurkje, goed wrijven, dan ontdooit ze wel.

Het plan was zo onverwacht dat ik dr. Schedel bijna om zijn nek vloog. De volgende seconde begreep ik dat het een valstrik was. Ze hadden mij uitgelegd dat ik die middag met dr. Schedel en met dr. Golfslag een wandeling door de stad zou maken. Het had een vrolijke bevrijding kunnen zijn van de opgesloten sfeer in Amorosi Bei, als mij niet tijdens die wandeling de rol van verraadster zou zijn opgedrongen.

Dr. Schedel droeg een zwarte colbertjas en een grijs gestreepte broek. Een stijve rechtopstaande boord met neerwaartse punten en een witte pochet in zijn borstzak maakten een deftige heer van hem. Dr. Golfslag had zijn rijbroek met laarzen aan, een overhemd met overal knopen en zakken, een band om zijn mouw en een koord bij zijn schouder en een slordig geknoopte stropdas. Hoorden die twee al nauwelijks bij elkaar, mijn tengere gestalte tussen hen in viel nog meer uit de toon. Ik dacht dat iedereen zou omkijken, dat kleine kinderen ons zouden nawijzen. Het bleef akelig stil. Een doods stadje. Angstig weggedoken burgers. Dr. Golfslag klakte waarschuwend met zijn laarzen.

Dr. Schedel wees naar de kerk. Ik haatte de lucht van rook en walmend kaarsvet en de merkwaardige naar boenwas ruikende kilte. Mijn vader had een keer een heftige ruzie gehad met de dienstdoende geestelijke. Het kon hem niet veel schelen of ik naar de kerk ging of niet. Nu ik met mijn begeleiders naar binnen liep, viel ik, zodra wij het zware, leren gordijn opzijgeschoven hadden, overdreven op mijn knieën. Te overdreven, want het bonkte luid en ik brak bijna mijn knieschijf op de harde tegelvloer. Ik wilde laten merken dat ik hier thuishoorde en de twee mannen niet. Ze moesten begrijpen dat een greep tussen mijn dijen of het verzoek mijn jurk omhoog te schuiven des te kwalijker was omdat ze niet alleen te maken hadden met een jong onschuldig kind, maar zelfs met een vrome gelovige. Ik doopte mijn arm tot de elleboog in het wijwatervat en sloeg een kruis, terwijl ik met van eerbied uitpuilende ogen naar het altaar keek, alsof ik daar een goedkeurend geneuzel verwachtte.

Dr. Schedel pakte mijn hand en liet me naast zich naar voren lopen. Dit ging mis. In de kleine, alleen door een paar kaarsen verlichte kapel aan de rechterzijde lag onder een stoffig altaar in zijn glazen kist de gapende, uit-

geteerde mummie van de heilige Johannes Chrysostomos. Ik wrong mijn hand los en glipte tussen die twee
door, maar dr. Schedel greep mijn arm en dwong mij
naar rechts. We hielden halt in die plotseling doodstille
kerk. Schedel en Golfslag vlak naast me om al mijn reacties nauwkeurig te observeren. Hun klauwen stevig om
mijn arm, waarbij ik de vingers van Golfslag mijn oksel
voelde verkennen. Dat afschuwelijke lijk, volledig aan-
gekleed en zorgvuldig op die stoffige kussens en matras-
sen gelegd, getuigde van het eeuwig leven. De oeroude
bisschop rekte zich een beetje uit en veranderde in een
lieve jongen, even dood, even mummieachtig, even gera-
feld. Ik kon niet anders dan alles wat zich voor mijn ogen
bevond ontkennen en zojuist nog stil en vroom, gilde ik
nu dwars door die gewijde rust een wanhopig schril en
krachtig 'nee' voordat ik een golf van misselijkheid voelde opkomen en alles zag draaien en ik op de koude vloer,
waar ik alles wilde vergeten, ineenzakte.

Uit de aantekeningen van dr. S.

6

Heb ik verteld hoe wij aan die gedetailleerde verhalen van Augustine komen?

Wij ondervragen haar en wij dansen daarbij van het ene onderwerp naar het andere. Soms klapt zij dicht en kijkt ze stug naar langslopende tapijtkevers of bladluizen, maar andere keren vertelt ze vrijmoedig over de stad, over de kinderen en over haar eigen intimiteit. Over haar breuklijn, haar spreiding en haar schulp, zeg maar. Goed luisteren naar haar onschuldige bekentenissen en een correcte wijze van noteren maken veel duidelijk.

Dat is niet alles. Laatst ontdekte dr. Bril iets van grote waarde.

Iedere keer als Augustine beneden is, spokend in de keuken, of vastgepind in ons blikveld ter ondervraging, of met een van ons de stad in om huizen aan te wijzen, controleert iemand haar kamer. Uiteraard kwam ik zelf op dat idee. Dr. Bril en dr. Snor ondervroegen haar in de salon en ik liep bijna per ongeluk naar haar kamer. Het uitzicht is daar minder weids en de kamer zelf is kleiner. Een kinderbed, een stoel, een kleine kast en verder niets. Ja, een wastafel en wat kleren op de grond, maar nauwelijks plekken om iets te verbergen. Ik heb de kleren opgetild, bevoeld, beroken en tegen mijn gezicht aan gedrukt. Ik knielde voor het bed, drukte mijn gezicht diep in de plooien van de lakens en snoof de geuren op van een nachtelijke, vermoeide blonde prinses. Onder het kussen lag een wit zakdoekje, verfrommeld, nat geweest en weer opgedroogd, met enkele harde plekken. Hoe sliep zij? Op haar zij? Op haar rug? Met welke kleren aan? Ik zag geen nachtkleding en veronderstelde dat deze boerenkinderen gewoon in het dagelijkse ondergoed sliepen of nog naakter.

Met een gespeelde nonchalance vertelde ik de heren dat ik haar kamer geïnspecteerd had en iedereen vond dat een buitengewoon idee. De volgende dag vond dr. Bril het aantekenboekje en de heren vermaakten zich ten koste van mij, omdat ik zo slordig had gezocht.

Dat aantekenboekje was goud waard. Zij noteerde daarin haar gedachten en haar angsten, wat schattig en ontroerend was om te lezen; ze beschreef haar gevoelens ten opzichte van ons, waarbij helaas niet een bijzondere voorkeur voor mij opviel; en, allerbelangrijkst, ze schreef over de verhoudingen in de stad en over de gebeurtenissen bij de rivier en bij het meer.

We spraken af het boekje terug te leggen, haar in de waan te laten dat wij van niets wisten, maar dagelijks de aantekeningen te lezen en over te nemen. Dat overnemen kon niet altijd letterlijk, ze schreef onbeholpen en moeilijk leesbaar. We hadden niet zoveel tijd. We handhaafden de ik-vorm. Soms maakten wij er zelf betere zinnen van.

Zo ontstonden uit de combinatie van de gesprekken met Augustine en haar aantekeningen nauwkeurige getuigenverhalen over wat zij meegemaakt had. We vermoeden dat de verdenking van de stadsbewoners niet zo gek is. Dat Augustine er wel degelijk mee te maken heeft.

Gisteravond na het diner hebben wij gezongen. Natuurlijk hadden wij veel wijn op en natuurlijk waren wij daardoor in een melancholieke stemming geraakt, maar het was vooral het gevoel voor ons land dat ons die liederen ingaf. Dr. Snor en dr. Bril hebben een vrij welluidende stem. Het bereik van dr. Snor ligt iets lager. Bril is meer een tenor en Snor een bariton, zou ik zeggen. Dr. Golfslag bakt er niet veel van. Ik zing zelf graag met dr. Snor mee. We zongen over de doodzieke kinderen die op gevleugelde paarden langs de nachthemel rijden, over eendracht, recht en vrijheid, over de Silezische wevers, over Árpád en Esterházy. Het klonk sonoor. We lieten alle klanken uitsterven. Dr. Bril zat met zijn mes kleine dirigeerbewegingen te maken. Niemand kon er genoeg van krijgen. Niemand wilde ermee stoppen. Bij de gezangen over het vaderland stonden wij op. We bleven de hele avond drinken.

Er is iets met dat meer. Als het meer ter sprake komt, gaat Augustine stotteren en naar de randen van stoelen en ramen staren. Over het meer wil zij niet praten. Wij zullen het water, de strandjes en het jeugdig vermaak voorzichtig ter sprake brengen. Zij zal zich verbazen over onze kennis; zij zal onzeker worden; zij zal moedeloos haar verzet en koppigheid staken en op den duur niets liever willen dan braaf met ons meewerken.

Wij noemen dat dossierwerking. Uit de dossiers weet je honderden details uit het leven van de burger. Je confronteert hem ermee en je verwart hem met die kennis. Of haar natuurlijk. Wij laten beetje voor beetje los wat wij weten en het is voor de ondervraagde onmogelijk erachter te komen wat wij niet weten. Wat de ondervraagde gaat martelen is de vraag hoe wij die uiterst persoonlijke gedachten, angsten en dromen kennen. Hoe wij van sommige dagen van minuut tot minuut de gedragingen kunnen beschrijven.

Normaal gesproken hebben wij op een ondervraagde die wurgende greep als hij eerst door de perfecte registratie is aangemeld als interessant persoon en als er vervolgens een dossier over die persoon is aangelegd. Bij

Augustine zijn haar eigen aantekeningen voldoende om de indruk te geven dat wij over haar een dossier hebben aangelegd. Daarbij rekenen we erop dat door haar leeftijd en door haar gebrek aan ervaring de sluizen eerder opengaan, de dijk van verzet eerder zal breken. Want moeten wij te lang ondervragen of gebruiken wij te veel de formuleringen uit haar eigen notities, dan zal zij achterdochtig worden.

Veel vragen en formuleringen komen bij mij tot stand vlak voor het inslapen. Juist op de momenten dat alle beelden door elkaar gaan lopen en de logica wegvalt uit mijn gedachten, zodat er koppelingen ontstaan die ik eerder niet had kunnen bedenken, schieten mij als ontploffende vuurwerkjes onderwerpen te binnen die ik beslist met Augustine moet aansnijden. Ik maak daarvan aantekeningen in een soort telegraafstijl.

Augustine zweeft altijd op de rand van mijn bed vlak voor het inslapen. Zij troost mij, zij wijst mij op gevaren, zij verleidt mij. Vaak windt zij mij zo op dat ik het lichamelijk merk. Als ik in die opgewonden toestand ben, slaap ik in, met mijn armen om een denkbeeldige Augustine. Ik ontdek haar lichaam en zij laat alle verzet en alle opstandigheid varen. Het raffinement van haar liefhebbende strelingen is verbluffend en met open mond val ik in slaap.

De sterkste druk die wij bij ondervraagden met dossierwerking kunnen bereiken, heeft te maken met angst. De angst namelijk dat men de persoonlijke geheimen niet langer kan bewaren. De zwarte varkens op de rug worden geopenbaard.

Ik zal proberen mij duidelijker uit te drukken.

Iedereen draagt een schuld, een zondig besef, een schaamte. Iedereen verbergt een duistere kant, een geheim waarvan men liever niet heeft dat het bekend wordt, een nachtelijke gewoonte, een duistere afwijking, een achterbuurtresidu. De last van het duistere geheim klemt zich als een zwart, onzichtbaar maar loodzwaar varken op je rug. Het zichtbaar maken van dat varken is het ergste, denk je, wat jou kan overkomen. Tijdens de ondervragingen groeit de angst dat zoiets zal gebeuren. Door de uitgebreide kennis bij de partijbazen. Door de vingers van de ondervragende partijleden, die niet alleen exact de gedragingen per minuut aanwijzen, maar ook de contouren van het zwarte varken. Door de naaktheid van de ondervraagde die de grommende geluiden vlak bij zijn oor hoort en de striemen op zijn rug voelt, omdat het varken zich daar met knauwen en met klemmen en schuren in positie probeert te houden.

Zesde verhaal van Augustine
De uiterste vervulling

Het voorjaar is enkele maanden verleden tijd. Ik moet voor mijzelf de gebeurtenissen van toen samenvatten, maar met een fluisterend zachte stem, diep onder het donsdek van een van de kinderen van Nouseul. Of met bijna onzichtbaar kleine letters in het lege schriftje dat ik hier in een kast heb gevonden.

Was het toeval dat Joachim en ik elkaar die lenteavond bij het meer troffen en om elkaar heen bleven dralen? Hoe konden we op dat moment weten dat enkele minuten later het gelijkhebberige ruziemakertje Anton tevoorschijn zou komen. Anton wandelde over het pad alsof hij een muziekkorps achter zich aan trok dat te zijner ere de nationale hymne speelde.

'Kijk, daar lummelt onze seniele dwerg,' waarschuwde Joachim.

Eerst verbaasden wij ons erover dat de eeuwige Duitse herder ontbrak, vervolgens lieten we ons in nog grotere verbazing terugglijden in het groen, toen we zagen dat Anton niet alleen was. Op het pad aan de overkant, twintig meter achter Anton, liep de kleine Leopold Oefele. Een felgele narcis in het knoopsgat op zijn borstzakje. Alsof hij het erekruis van verdienste verworven had. Wegens betoonde eigenliefde. Leopold Oefele, die hier nooit kwam. Die zich nooit met een van de andere kinderen bemoeide. Die bovendien niet stomtoevallig achter Anton aan liep, maar bewust met de dwerg op pad was gegaan, getuige de Duitse herder die door Leopold Oefele heerszuchtig aan een ketting werd gehouden. Anton en Leopold waren even groot, hoewel de een de leeftijd van de oudere kinderen had en de ander zeven jaar was. Hoe kwam die querulante kobold erbij om Leopold Oefele hiernaartoe te slepen? Hoe lukte hem dat trouwens?

Wij waren inmiddels plat op onze buik onder de laaghangende elzentakken geschoven.

'Gaan we hem pakken?'

'Als hij hier langs komt, hartstikke zeker.'

In de rivier had ik wel eens kinderen beetgepakt en bevoeld. Dat was anders. Er hadden andere kinderen omheen gestaan en als zo'n kind in je handen merkte dat je te ver ging, dan stribbelde het tegen, dan ging het ruziemaken. Nooit ontstond er iets van betovering. Nu zou ik mijn kans krijgen. Ik vroeg me af of ik het zou durven. Waar was ik bang voor? Voor de angst in de ogen van het kind als ik met mijn vreemde meisjeshanden over zijn lijf zou voelen? Of zou ik bang zijn om een grens te overschrijden? Ik rilde. Achteraf moet ik zeggen dat dat rillen nooit is opgehouden. Naar binnen geslagen, dat wel. Ik rukte aan de elzentakken en schopte door de dode bladeren alsof ik kleine windhozen wilde nabootsen. Joachim keek om en maakte met zijn lippen en ogen duidelijk dat ik stiller moest zijn. Anders raakte dat dwergenstel gealarmeerd en konden we naar de buit fluiten.

Ik bekende met zachte stem dat ik misselijk was.

'Durf je niet?' vroeg Joachim.

'Natuurlijk wel, waarom niet?'

'Omdat je zei dat je misselijk bent. Misselijk!' En toen volgde een gefluisterde kletstheorie van Joachim, een onstuitbare woordenstroom vol onzin, over misselijkheid die hij toeschreef aan gevoelige, inwendige vaantjes die opgloeiden en die te vergelijken waren met trillende hazen in het licht van een schijnwerper.

Ik wuifde dat hij zijn kop moest houden. Het was zo'n

stille, eindeloos gerekte avond waarin het maar niet donker wilde worden. Een kever flaneerde voor me langs.
Toen ik hem wilde pakken, tuimelde hij van een stengel
af en verdween. Ik luisterde maar hoorde geen stappen.
Een specht ratelde tegen een boomstam. De misselijkheid zat in mijn hoofd, het was pure inbeelding. Maar
als het lang zou duren, zou ik gaan kotsen. Uit voorzorg
wilde ik me op mijn zij draaien, toen Joachim me waarschuwde. Hij had iets gehoord.

Anton liep vlak langs ons en had zelf de hond vast.
Het beest trok aan zijn ketting, hijgde luid en zeulde zijn
dwergachtige meester over het kronkelend pad. Waar
was Leopold Oefele? De hond zag er in zijn harigheid
met de slingerende roze tong langs de tanden gevaarlijk
uit, draaide zijn kop naar de twee verscholen kinderen
die hij natuurlijk allang had getraceerd en sjokte langs de
schuilplaats. Iets achterover hellend liep Anton over het
pad en hij verdween na de bocht. Net wilde ik opspringen
om te schelden, of ik hoorde opnieuw voetstappen. Por-
rend met een stok tussen de bladeren, misschien de pest
in omdat de hond van hem was afgepakt, kwam Leopold
Oefele tevoorschijn. Hoge schoenen, jasje met gouden
knopen, de onafscheidelijke matrozenkraag, gladge-
boend hoofd. Beleefd, geen kwaad vermoedend, open.
Zomaar voor het grijpen. Joachim schoot uit de startblok-
ken en met een sprong kwam hij vlak voor Leopold op
het pad terecht. Voor de kleine jongen een keel kon opzet-
ten, drukte Joachim een wolvenklauw op zijn mond.

Wij waren met z'n tweeën en zo volledig op Leopold
geconcentreerd dat we ons niet afvroegen waar Anton
met zijn hond gebleven was. Waarschijnlijk was hij door-
gelopen. Noch Anton, noch de hond hebben we die dag
teruggezien.

'Laten we hem naar het water brengen,' stelde Joachim
voor. We trokken hem tussen de struiken door. Het kind

zette zich uit alle macht schrap. Ik had het gevoel dat een van mijn diepste wensen in vervulling zou gaan. Wat dat voor wens was? Ik weet het niet. Zulke verlangens durf ik niet te formuleren. Het had te maken met het naakt spelen in de rivier. Het had te maken met wat ik hoopte te ontdekken bij het meer. Het had te maken met het kind vloeibaar maken en met de lippen geheel opzuigen. Of met het kind afpellen en diep in mijn schoot dwingen, tot het in mijzelf zou rondspartelen. Exacter kan ik het niet formuleren. Ik merkte dat ik verhit raakte. Terwijl wij het kind elk aan een hand voorttrokken, sprong ik wild over losse takken. Het joch slaagde erin zijn hand los te rukken en een boomtak vast te grijpen. Ik pakte de kleine Leopold beet en likte zijn hoofd af. Waar Joachim onbedaarlijk om moest lachen. Had Joachim een vermoeden van de ernst en de felheid van mijn wens?

Leopold was van zijn eerste schrik en verbazing hersteld en werd zich bewust dat hij vastgebonden zou worden. Hij vreesde straf voor zijn hautaine weigeringen mee te spelen. In paniek startte hij een jankend pleidooi. Hij had niets gedaan. We moesten hem loslaten. Hij zou netjes naar huis gaan. Totdat het Joachim te veel werd en hij zijn hand tegen de mond van Leopold hield zodat er een gesmoord, nat snikken restte. Bij het water veegde Joachim zijn hand af, waardoor Leopold de kans kreeg heftig slikkend en hijgend adem te halen.

'Leopold,' zei Joachim ernstig, 'je moet je rustig houden en een stil ventje zijn.'

Het ventje bleef zijn klaagzang herhalen: we moesten hem laten gaan, hij moest naar huis, hij was onschuldig.

'Leopold,' zei Joachim, 'hou je snavel dicht, anders moeten we je kop in het zand douwen.'

Ik stootte Joachim opzij en pakte het ronde hoofd van de kleine jongen beet. Ik voelde zijn huid, zijn wangen, zijn dunne oren. Zijn ogen hadden niet veel lelijks gezien

89

en stonden vol tranen. Ik veegde de tranen van zijn gezicht, wilde het kind zoenen, maar ik was bang dat Joachim mij een slappeling zou vinden, iemand die het kind wilde beschermen. Het was een warboel. Alles in mij, mijn zenuwen, mijn lust, mijn maagwand die piepend strakgetrokken leek, de elastische bundels waar mijn nieren en mijn galblaas en heel die santenkraam daarbinnen aan bungelden, alles was met elkaar in een onontwarbare knoop, een omhelzing met duizend slangenarmen geraakt. Traag en secuur schoof ik mijn hand tussen de breed vallende matrozenkraag en de dunne nek en ik betastte met mijn vingers de blote huid tot ik bij de rand van een hemd kwam.

'Dat jasje moet uit,' zei ik.

In mijn buik trokken spieren samen zodat het daar vochtig warm werd. Het viel niet mee het jasje met de gouden knopen te openen. Pogingen om de kleine rustig te krijgen, beloftes, dreigementen, niets hielp. Hij stribbelde tegen en dreinde dat we hem moesten laten gaan. Het jasje ging uit, ook al moest ik ervoor op de grond gaan zitten met het kind boven op me, zodat Joachim het jasje over het hoofd kon trekken.

Terwijl ik hem in deze houding in bedwang hield, merkte ik dat ik hem pijn wilde doen. Ik wilde bijten in dat kindervlees. Maar op hetzelfde moment wilde ik hem strelen en aaien. Het verwarde me en het verlamde me. De matrozenkraag bleek vastgenaaid aan de binnenkant van het jasje.

'Wat nu?' vroeg Joachim. Ik bewandelde roekeloos het duistere pad van mijn verlangens. 'Zijn schoenen.' De vraag vatte ik op als een vraag naar de volgorde van het uitkleden en niet als een vraag naar welke heel andere pesterij moest volgen. Joachim gehoorzaamde en trok de schoenen van het kind uit. Ik knoopte de broek los, wat een gegil opleverde.

90

Het was geen kille avond. Bijna windstil. Voor wie in beweging bleef, was extra kleding overbodig. Dus maalden wij er niet om dat die kleine kou kon vatten. Joachim trok op mijn aanwijzen zwijgend het hemdje uit en ten slotte het laatste broekje. Vlak bij de uiterste vervulling van mijn wensen.

Wat hadden wij gedaan? Op zich niets bijzonders. Alle kinderen van zijn leeftijd speelden naakt in de rivier en alleen het feit dat Leopoldje omwille van zijn hoge positie en op last van zijn arrogante moeder nooit mee mocht doen, maakte het bijzonder dat hij, volledig uitgekleed, boven op mij lag. Om daar zo kinderachtig bij te jengelen, zei ik sussend en ik herhaalde de zin terwijl ik bij iedere lettergreep een vinger diep in het zachte vlees van zijn dijen en buik porde. Als Louise drukte ik mijn mond op zijn mond en ik slokte zijn klachten op. Met een vrije hand trok ik ongegeneerd mijn eigen jurk omhoog tot het middel, zodat ik het kind, bloot op bloot, tegen mijn eigen lijf kon persen en zijn naar dure zeep ruikende huid tegen mijn eigen gloeiend meisjesvel kon plakken. Ik zag dat Joachim ongeduldig werd.

Welk verbod had ik getrotseerd? Welke Oefele-grenzen overschreden? Voorlopig waren wij veilig, zo diep tussen het groen. Wij konden niet betrapt worden en wij konden onze gang gaan. Het joch was overgeleverd aan onze grillen, onze wens en onze behoefte. Ik weet niet in hoeverre Joachim begreep wat mij bezielde. Op dit moment kon me dat niet schelen. Het was mijn avond. Het was mijn gevangen Leopold.

Het ongeduld van Joachim en het eentonige gedrein van het joch deden mij beseffen dat het ongrijpbare moment van hoogste vervulling ongemerkt was genaderd, voorbijgekomen en weer mateloos ver was weggeschoten. Ik gaf het kind een tik in het gezicht. Het jongenslijf op mijn schoot was niets anders dan een groot uitgevallen kikker die ik toevallig beethad.

'Hou op, wil je,' gilde ik. 'Je mag straks naar huis. We laten je heus wel gaan. Je moet alleen beloven dat je je mond houdt. Je moet verdomd heftig beloven dat je je mond houdt, want anders gaan we de volgende keer...'

'Je moet een proef doen, een jongensproef,' zei Joachim.

'Wat dan?' vroeg ik verbaasd. Wat was Joachim van plan?

Joachim keek me peinzend aan. Het was een opwelling van hem geweest, zag ik.

'Hij moet een stuk naaktzwemmen,' zei Joachim in de duidelijke hoop dat dit een jongensproef was.

'Mag ik daarna naar huis?' snikte Leopold.

'Daarna mag je naar huis,' besliste ik.

'Ik kan wel zwemmen,' zei de kleine.

'Mooi zo, laat maar zien.'

'Maar ik mag niet in het meer zwemmen.'

'Van wie niet?'

'Van mijn moeder niet.'

'Die weet van niets. Als jij je mond houdt over vanavond, verklappen wij ook niets. Afgesproken?'

Het kind knikte. 'Hoe ver moet ik zwemmen?'

'In het midden, ongeveer twintig meter van de kant, ligt een deel van de ijzeren brug. Daar kan je onderdoor. Als je ver genoeg bent, ben je geslaagd, dan mag je naar huis.'

Het kind mat zijn kansen.

'En mijn kleren?'

'Daar passen wij op. Die krijg je terug als je geslaagd bent.'

'Goed,' zei de kleine, maar ik hield hem vast. Dit was het dus. Een tweede kans zou ik niet krijgen. Ik voelde dat het kind bang voor mij was, dus om gunsten hoefde ik niet te vragen. De kleine probeerde op te staan, maar

ik trok zijn beentje onderuit en hij plofte terug op mijn
buik. Ik raakte het gezicht van de jongen aan, maar hij
weerde mij af. Ik liet mijn handen naar zijn heupen glijden en gaf een ruk aan het kind. Hij schoot omlaag zodat zijn hoofd tussen mijn benen lag en zijn rug op mijn
buik. Hij kreeg iets smekends in zijn blik. Toen spreidde
ik mijn armen en liet hem gaan. Ik keek met leedver-
maak hoe hij stuntelig overeind krabbelde.

Wij wezen waar de gietijzeren brug lag. Het kind stapte huiverend in het water, liep de eerste meters door het
ondiepe deel en liet zich voorover vallen. Met korte, nuf-
fige gebaartjes zwom hij naar de aangewezen plek.

Uit de aantekeningen van dr. S.

7

Nouseul! Wat nou Nouseul? Wat betekent dat? Wij alleen? Niks wij alleen. Wij met z'n allen zal hij bedoelen. Joachim Nouseul? Is dat een Fransman? Is dat een Jood?

Vreemdelingen als die Nouseul doen zich voor als berooide vluchtelingen. Zo gauw er iemand uit het stadje langsloopt en naar binnen kijkt, zetten zulke schooiers een begrafenisgezicht op, maar zodra de gordijnen gesloten zijn en zij zich onbespied weten, dansen ze hun houterige rituaaldansen, halen ze hun juwelen en sieraden tevoorschijn, tellen hun munten en slaan elkaar net zo lang om de oren met de lege jutezakken totdat zij, dol van geile vreugde, naakt op het vloerkleed liggen te vunzen. Want er moet voor nageslacht gezorgd worden. Het gezin moet sterk en groot zijn opdat ze de oorspronkelijke inwoners kunnen overvleugelen.

Wat moeten die vreemdelingen met onze dochters? Ze verleiden hen ertoe betoverde gerechten te eten, gebaseerd op slijmdieren als kikkers en slakken. Ze bedwelmen hun bruiden met kwalijk riekende planten en met rokende kruiden. Ze dwingen de meisjes tot seksuele afwijkingen en tot hoerige praktijken die voor zulke jongens en mannen opwindend zijn, maar voor de vrouw die ze moet ondergaan pijnlijk en beschamend. Ze beperken de vrijheid van de vrouw, ze dragen haar taken op die ze nauwelijks aankan en als ze te weinig presteert, binden ze haar vast op zware houten meubels en slaan ze met rietstokken de tere lichaamsdelen beurs.

Nooit, nooit worden lieden als Nouseul, die vreemdelingen, een onderdeel van onze eigen harmonische bevolking. Als het regent, houden zij bij hoog en laag vol dat de zon schijnt en als het gewas vrucht draagt, steken zij de velden in brand omdat ze de planten verrot vinden. Als het vee drachtig is, steken zij messen in de buik van het moederdier omdat zij denken dat het vol onrein vocht zit dat er via een aderlating uit moet. Als de bliksem in de woning slaat, laten zij alles branden omdat zij denken dat hun boze geesten dat zo gearrangeerd hebben. Zij serveren gerechten die overgoten zijn met giftige gelei, zij schenken drank waar ze eerst over blazen om hun ziektekiemen te verspreiden. Ze brabbelen hun eigen taal en leren nooit zich hoogstaand uit te drukken. Ze wassen hun voeten niet en teren hun nagels zwart.

Nouseul. Nouseul. Tot diep in de naam blijven het vreemdelingen die weigeren zich fatsoenlijk te laten registreren. Ze hebben geen paspoorten. Ze verklaren zich tot ongebonden eenlingen, die geen deel willen uitmaken van ons volk. Zij steken naalden in hun gouden afgodsbeeldjes, ze interpreteren de schitteringen in glazen bollen, ze verbergen sieraden die op afstand kunnen doden onder hun kleding.

Wat walmde het niet in dit Amorosi Bei Huis toen wij erin trokken. Het stonk naar elektrocutie en naar verbrande hennep. Het stonk naar lang niet geopende oude vrieskisten en naar gemartelde en stervende ratten. Het was de lucht van Nouseul, die wij verafschuwden maar die wij niet herkenden.

Augustine, lever je uit. Verlaat Joachim Nouseul, van wie je niets dan blaren, uitvallende haren en schurftige huidwonden te verwachten hebt. Verlaat de vreemdeling, want het is verboden om met hem een relatie op te bouwen. Het is verboden om hem gelukkig te maken. Het is verboden om hem in alle genot op te winden en zijn gif tig geslacht bij jezelf naar binnen te steken. Je openingen behoren aan ons, je ingewanden behoren aan ons vaderland, je lichaam behoort aan iemand die van ons volk is.

Het is niet juist dat wij als eersten dit stadje op de stafkaarten zagen en toen ontdekten dat er iets mis was. Het initiatief ging van de bewoners uit. Wij kregen een oproep van een zekere Blümml namens burgemeester Oefele, of wij iets konden komen onderzoeken. Het verzoek was dom en omslachtig geformuleerd; dat 'iets' had te maken met een onopgelost misdrijf. Hun eigen pogingen om het misdrijf op te lossen waren gestrand en georganiseerde zoektochten hadden niets opgeleverd. De bewoners veronderstelden dat wij veel beter toegerust waren voor zulk onderzoek en daarom riepen ze onze hulp in. Was getekend, et cetera.

Dat verzoek kwam op de burelen van de partij terecht. De brief zwierf een tijd, tot iemand op de gedachte kwam de gegevens van het stadje Lodron te controleren. Lodron bestond niet eens! Er was geen enkel dorp, geen stadje, geen stad geregistreerd met de naam Lodron! Dat kon niet. Dat was onmogelijk. Wat een geweldige lacune in de administratie! Groot alarm! Toen bleek dat het stadje onder de naam Closset bestond, maar ook onder die naam bleken de gegevens onvolledig en de registratie verouderd. Wij kregen de opdracht zo spoedig mogelijk naar het stadje Lodron of Closset te trekken en de zaken op orde te krijgen.

Dr. Snor wilde het gebruik van de naam Lodron eruit slaan en hij stelde voor een aantal burgers in het openbaar te vernederen of met stokken in elkaar te slaan voor het gebruik van een valse naam van de stad. Binnen een halfuur, zei hij, zou iedereen er zo van overtuigd zijn dat het verkeerd was de naam Lodron te gebruiken, dat de bewoners het stadje helemaal niet meer bij name zouden

noemen. Bril en ik vonden het geen goed idee. In offici-
ele en semiofficiële stukken moest de naam Lodron verwijderd worden, maar verder was het nauwelijks van belang. Al noemden de bewoners het stadje 'Zwijnenpoep'.
Wat onze taak was: het registreren, zo volledig mogelijk,
van de totale bevolking en van de vreemdelingen en het
oplossen van de verdwijning waar men ons voor gevraagd
had.

Zevende verhaal van Augustine
De stenen slaap

We lieten ons op een boomstam zakken die daar door de houtkap als zitbank was achtergelaten. Ik voelde me doodmoe.

'Laten we hem gaan?' vroeg Joachim.

Ik haalde mijn schouders op. 'Wat anders? Het wordt vervelend.'

Het kleine hoofd van Leopold ploeterde door het water. Had ik hem maar teruggeroepen. Wij hadden hem zwijgend kunnen aankleden en met speelse bedreigingen naar huis kunnen sturen.

'Duiken,' schreeuwde Joachim. Al snel was er niets meer te zien.

Er vlogen een paar eenden over het water die met het achterlaten van een lang spoor landden. Een agressief gefladder, even opvliegen, weer een gefladder. We keken stil over het water. Ik trok met stiekeme vingers mijn jurk recht. Ik begreep niet precies waar we op zaten te wachten. Dat joch kwam straks zijn kleren ophalen. Nog één keer bezweren dat hij zijn mond moest houden en hij zou verdwijnen. Ik herinnerde me mijn stemming van een eeuwigheid geleden. De verwachting, de trillende spanning, het eerste kledingstuk dat uitgetrokken werd.

Ik probeerde mijzelf een superieure onverschilligheid aan te praten. Joachim stond op, keek een tijd lang over het water, ging zitten, ratelde met zijn schoenen langs de bast en stond weer op.

'Is hij stiekem ergens de kant op geklommen?'

'En zijn kleren dan? Dat joch durft toch niet in z'n blootje naar huis?'

Ik zag de onrust bij Joachim groeien.

'Ik ga kijken,' zei hij met luider stem dan nodig was.

'Ik ga mee.' Ik trok mijn jurk uit en enkel in een oud broekje liep ik achter Joachim aan, het water in.

We konden allebei goed zwemmen. Na korte tijd dreven we boven het gietijzeren gevaarte. Er was geen zon meer die in het water kon schijnen, wat deze plaats altijd een onweerstaanbare bekoring gaf. Door ons getrappel bewogen de waterplanten. Het zicht onder de waterspiegel was niet best.

'Ik zie iets,' wees Joachim. 'Ik duik ernaartoe.'

Ik schoot achter hem aan. Alleen planten en troebel water. Weer naar boven.

'Hij zit vast,' zei Joachim.

Bij de volgende duik zag ik wat Joachim bedoelde. Op een plaats waar de binten en de ijzeren balken in driedimensionale wanorde aaneengelast waren, waar het ijzer bovendien in de modder stak, zodat je moest graven wilde je door de opening zwemmen, was Leopold vast komen te zitten. Joachim trok aan het kind, maar we kregen ademnood en moesten naar boven. Hij schreeuwde iets over samen tegelijk. Nog twee keer moesten we ademhalen en toen dacht ik in een laatste flits dat het beter was de kleine naar achteren te duwen, dat we hem nooit onder dat ijzer door zouden kunnen trekken. Ik zag zo verdomd weinig. Ik probeerde te trappen en toen schoot het kind naar achteren. Alsof hij vrolijk op zijn zij draaide, opgelucht dat hij bevrijd was van het enorme gewicht van al dat in de modder verzonken ijzer. Naar de kant brengen ging gemakkelijk, want we merkten hoe weinig de jongen woog, hoe gemakkelijk hij op de rug viel mee te nemen. Maar wat verder? Blazen? Zuigen? Armen bewegen? Het water eruit pompen, wist Joachim.

Pompen? Hoe in godsnaam? Ik had me tot dat moment vrij rustig gedragen. Dat het kind in het water niet veel woog en niet tegenwerkte of spartelde had mij opgelucht en dankbaar gestemd tegenover de kleine. Maar nu hij op dit strandje lag en wij om hem heen drentelden, over de armen en benen van Leopold struikelden, niet wisten of we moesten blazen of zuigen, nu brak er een paniek naar buiten met een kracht alsof ik uit elkaar spatte.

'Hoe dan?' gilde ik.

Joachim drukte een tijd op de borst van het kind, maar dat had weinig resultaat. Blazen dan maar. Zou het kind, bedacht ik later, met goede, vakkundige hulp te redden zijn geweest? De vijandige, verkrampte rand van struiken en bomen lag er stil en verwijtend bij. Ik voelde hoe koud ik het kreeg. Mijn huid was overal samengetrokken tot kippenvel. Mijn borsten waren bespikkeld; de kleur was grauwwit. Van onze hoofden drupte het water op het kind tussen ons in. Ik schoof iets naar achteren en streek het nat uit de haren van Joachim, zodat het kind niet ons lekwater hoefde op te vangen. Ik zag hoe moe Joachim werd. Ik zei dat ik het zou proberen, drukte mijn mond op de lippen van Leopold en blies leven door zijn mond naar binnen. Het wilde er niet in blijven. Vele, vele minuten lang bleef ik blazen. Tot ik zelf geen adem meer had.

Ik weet dat ik aan hem getrokken heb, steeds maar roepend dat hij wakker moest worden. Terwijl ik zelf huilde heb ik hem in zijn gezicht geslagen. Ja, dat had Joachim wel eens zien doen. Zo moest ik doorgaan. Maar het hielp niet en ik voelde me uitgeput. We keken een tijd naar het bleke kind. Joachim duwde op zijn borst. Tien keer. Twintig keer. Toen bleef hij staan, gebogen, als een machine die geen brandstof meer had.

'Wat nu?' fluisterde ik. 'Laten we hem hier liggen?'

'Je moet wat aantrekken,' zei hij.

We trokken zwijgend onze kleren aan.

'We moeten die kleine ook aankleden. Hij krijgt het koud,' zei ik.

Joachim probeerde onhandig de tranen van mijn gezicht te vegen. Hij knikte en pakte de kleren van Leopold. Met ieder nieuw kledingstuk hoopte ik dat ik weerstand bij het kind zou voelen of een protest zou horen of een ademstootje zou zien of een handbeweging. Het moeizaam aantrekken van de kleren was een karwei vol teleurstelling.

'We kunnen hem niet laten liggen,' zei Joachim terwijl we het jasje dichtknoopten en de matrozenkraag liefdevol rechttrokken. 'Anton is hem hier kwijtgeraakt. Anton zal iedereen hiernaartoe wijzen. En dan vinden ze hem.'

Hoe kon ik in die omstandigheden al die redeneringen van Joachim volgen? Ik begreep niet wat hij bedoelde. Wat kon mij die rotte Anton schelen.

'We moeten hem ergens anders neerleggen,' zei Joachim.

De beelden die ik mij herinner zijn onrustig en draaien door elkaar. Ik moet als een dolle tekeer zijn gegaan. Joachim vertelde achteraf dat ik steeds heftiger jankte. Haarscherp weet ik hoe ik naast Leopold, die half tegen een boom aan lag, slordig in zijn kleren gehesen, in elkaar zakte. Ik heb mijn handen op zijn borst gezet, ben opnieuw gaan pompen en heb, snotterend, jankend, mijn hoofd gebogen.

'Klotejochie. Zwem niet zo ver weg. Wat kwam je doen? Je had hier niets te zoeken. Stomme eigenwijs.'

Joachim heeft gewacht tot ik weer rustig was. Ik weet dat hij bij de sterkste schokken mijn schouder aanraakte. Het duurde een kwartier, waarin de duisternis toenam, voor ik stil was. Het was een kwartier van een schrijnend vaarwel.

'Weet je,' zei Joachim. Ik bewoog niet, liet het denken

101

aan Joachim over. 'De ontvangstkamer in het stadhuis wordt verbouwd. Het beeld met het jongetje op de matras is tijdelijk verplaatst.'

Ik snapte niet wat hij wilde. Dit was een halve mededeling.

'Blümml heeft het in de kapel achter het kerkhof laten neerzetten. Ik weet waar de sleutel is. Het beeld kan draaien, het voetstuk eronder is hol. Dat weet bijna niemand.'

Ik maakte een gebaar van: het moet maar. Tegelijk zag ik dat dit een goede oplossing was. Onder dat beeld dat zo geliefd was bij iedereen. Het beeld zou teruggeplaatst worden; iedereen zou het groeten.

'Hoe komen we daar? Wij twee? Met de kleine tussen ons in? Kleine Leopold die even niet kan lopen.'

'Verderop is de wasplaats. Ik haal een kruiwagen.'

O nee, dat was wel het laatste wat ik wilde: alleen achterblijven met Leopold.

Joachim keek een beetje moeilijk. 'Dan dragen we hem.'

We hebben alle moed bij elkaar geraapt. We hebben de kleine tussen ons in genomen en zo zijn we op weg gegaan: ik, nat, wankel, en Joachim, met zijn dertien jaar een jaar jonger dan ik, maar sterker en daadkrachtiger, en Leopold, die het vertikte op zijn benen te staan en die een beetje lamlendig met zijn voeten sleepte, tussen ons in. Langs de oever van het meer en langs de rivier naar de lage brug. Hoog boven ons de muur van het stadje. Inderdaad vond Joachim bij de wasplaats een kruiwagen. Het was een hele klus om met die zware houten kar langs de lage brug naar de rivierbedding te komen.

We hadden geluk dat het doodstil was en dat er niemand op de wasplaats liep. Ook geen nieuwsgierige feestvierders op de lage brug. Na de riviersplitsing moesten we in het donker het dwarspad vinden dat kronkelend, achter de bebouwing om, omhoog voerde en bij het kerkhof uitkwam. Het pad werd zelden gebruikt. Het was op sommige plaatsen gevaarlijk steil en het lukte ons ternauwernood de kruiwagen, waarin luie Leopold Oefele maar een beetje hing, vooruit te krijgen. Joachim trok en ik duwde en legde telkens de slappe hand van Leopold terug in de kar. Eén keer raakten we van het pad af en kwamen we vast te zitten in het hoge kleefkruid. De groene grijpstengels hechtten zich aan onze kleren alsof ze ons tot staan wilden dwingen en als we de planten terugwierpen, slingerden zij zich om Leopold in de kruiwagen. Ze wilden hem bewaren in het groen. Zij wilden bereiken dat de jongen niets overkomen was, dat hij een ogenblik in de lage begroeiing had gerust, dat hij gewoon wat had liggen rollen tussen de hondsdraf, de distels en de klaprozen.

Op het grote pad langs het kerkhof ging het allemaal gemakkelijker. Een recht stuk, een bocht en we waren bij de kapel. De weg draaide er voorlangs. Een paadje leidde omhoog tot de deur.

Het kapelletje was een vierkant gebouwtje met een puntdak en een heel klein roosvenster. De bouw- en tuinmaterialen waren opzijgeschoven om plaats te maken voor het beeld van de slapende jongen op de matras. Joachim liep om en kwam met de sleutel tevoorschijn. Binnen bevoelde ik het beeld. Al die vrouwen die het zo'n mooi jongetje vonden en zeiden dat hij zo lief sliep, dat vond ik gezeik. Maar nu veranderde het beeld en het nam de gestalte aan van Leopold. Ik betastte het gekantelde bekken, het opgetrokken rechterbeen, de plat liggende schouders, de buik, het kleine geslacht.

'Kijk,' wees Joachim, 'hier duwen.' De stenen matras schoof op en het beeld draaide boven het voetstuk dat een lege ruimte bleek te bevatten. Het beeld was levensgroot. Leopold paste in de ruimte daaronder, ook al moesten zijn benen vreemd gevouwen worden. Alsof hij geknield in de nauwe ruimte hing. Joachim mompelde dat de holle ruimte opgevuld moest worden. Het mocht niet gaan stinken. Hij keek rond, zag bij de bouwmaterialen een bak met grijs poeder en kieperde die met enige moeite om in het voetstuk. Het was niet voldoende. Met de kruiwagen haalde hij aarde en hij vulde de ruimte verder op. Hoewel het een akelig gezicht was de kleine jongen onder de aarde te zien verdwijnen, bleef ik kijken. Joachim legde platte stenen op de aarde en sprenkelde er water over, alsof Leopold een tulpenbol was die straks zou kunnen bloeien.

Joachim schoof het zware beeld terug tot het vastklikte. Daar lag Leopold, wit en zwaar als marmer, zijn haar iets langer, met stugge stenen krullen. Het was niet te zien dat zijn geaderde longen ademden. Zijn gestrekte been waar het kleine, zorgvuldig gebeeldhouwde geslacht naar wees, was vuil geworden door de aarde die aan onze handen had gezeten. Dat kon Leopold er zelf afwassen. We moesten hem alleen laten. Ik streelde zijn stenen hoofd en zoende het kind op de mond. Tot Joachim mij wegtrok en de deur op slot deed, omdat ik anders, zoals hij zei, tot de ochtend gebleven was.

In het stadje werd luid te kennen gegeven dat de oudste van Vrouw Oefele onvindbaar was. Ik deed dapper mee met het rondvertellen van vermoedens, adviezen en mogelijke oplossingen. Vrouw Oefele was beurtelings razend en wanhopig. De kleine Theodor wist van niets.

Hoe zat het met Anton? De eerste dagen na de verdwijning van Leopold zag ik Anton nergens. Eén keer zag ik op het plein de strik van Rose, maar toen ik wou vragen waar Anton was, bleek Rose alweer onvindbaar. Alsof Rose en vooral Anton eropuit waren elk contact te vermijden. Dagen na de verdwijning van Leopold Oefele botste Anton tegen me aan. Ik keek hem in het bleke gezicht en ik zag de schichtige blik. Hij had natuurlijk gehoord van Oefele. Anton knikte. Wist hij er iets vanaf?

Anton schudde zijn hoofd. Hij kende die Leopold Oefele helemaal niet.

'Maar jij en Leopold Oefele liepen toch met die Duitse herder over de bospaden?'

'Niet dat ik weet,' ontkende Anton glashard. Hij knikte en liep verder.

Kleine, gore leugenaar, dacht ik.

Ongeveer een week na de verdwijning van het kind werd een duur uitziend papier opgehangen naast de ingang van de zaal in het stadhuis. Er stond een levensgrote foto op van Leopold, duidelijk van een familieportret afgehaald, want de jongen leunde tegen iets zwarts aan dat de jurk van zijn moeder moest zijn. Daarnaast stond met grote letters dat hij vermist was en dat er bovendien een forse beloning werd beloofd. We vonden het plakkaat allemaal overbodige onzin, want Leopold Oefele kenden we natuurlijk. Hoe hij eruitzag, wist iedereen en dat hij vermist werd, was het gesprek van de dag. En de beloning dan? Ja, dat was interessant, maar de Oefeles hadden wel vaker iets beloofd en aan die beloftes hielden zij zich zelden.

De foto hing er drie maanden. Vorige maand, toen de restauratie van de ontvangstzaal voltooid was en het beeld was teruggeplaatst voor het boogvenster, was ter gelegenheid van het feestje het treurige papier weggehaald, maar drie dagen later hing het er weer.

Uit de aantekeningen van dr. S.

8

Gisteren heeft Augustine ruziegemaakt met Vrouw Oe-fele. Ik kan dat mens niet uitstaan: een en al wind en ho-vaardij, maar we moeten er rekening mee houden dat ze een vooraanstaande burgeres is en dat ze zich per eer-ste gelegenheid aangemeld heeft als lid van de partij. Zij heeft Augustine een klap gegeven, want de kleine was brutaal en Augustine heeft haar als een furie de kleren van het bovenlijf gescheurd. Althans, ze heeft een ketting kapot getrokken. Tot in de avond vonden we die knikkers in de hal. Dat mens van Oefele was witheet. Deels kan die overtrokken reactie verklaard worden uit haar woe-de en verdriet om de verdwijning van haar zoontje, maar het is een keiharde, uitgekookte tante en je vraagt je af waarom ze zichzelf ten opzichte van zo'n blond krengetje zo heeft vergeten.

Wat in godsnaam moet er van Augustine in dit spook-stadje terechtkomen als wij haar gewoon laten gaan? Is dat mogelijk? Nu wij weten hoeveel zij ermee te maken heeft?

Vanmiddag hebben we haar meegenomen, de stad in, om adressen aan te wijzen. Op het laatste moment zei Golf-slag dat hij mee wilde. Alsof hij mij niet vertrouwde met dat sletje. In de kerk stortte zij volkomen in elkaar toen ze met haar neus op de vergankelijkheid van alle vlees werd gedrukt. Zonder kennis van haar dagboekje had-den we geen raad geweten met haar houding. Hoe Golf-slag het flikt weet ik niet, maar terwijl Augustine op die kerkvloer ligt en ik alle gelegenheid heb mij over haar te buigen, haar kleren los te maken, haar boezem lucht te geven en haar mond op mond te beademen, is het toch Golfslag die erin slaagt haar mee naar buiten te nemen, haar onder het mom van ondersteuning overal te bepotelen en bij een fontein een beetje op te knappen. Ben ik zo traag? Ben ik niet brutaal genoeg? Moet ik Golfslag een keer goed op zijn nummer zetten, zodat hij mij vanzelf voor laat gaan?

Met dr. Bril heb ik voor de maaltijd overleg gevoerd, hoe we de onderzoeken kunnen afsluiten. Voor ons is belangrijk dat dit stadje volledig geregistreerd zal zijn, inclusief de vermelding op tabs. Vreemdeling, buitenlander, Jood, marxist, illegaal. Beroep, kindertal, financiën, ziektes. Blümml is een goede hulp en wij sturen ambtenaren.

Wat de verdwijning van de kleine Oefele betreft, zouden we kunnen melden dat die verdronken is, dat het lichaam op een onbekende plaats is verborgen, dat de dader daarmee een misdrijf heeft gepleegd. Dat als enige dader in aanmerking komt: Joachim Nouseul, oud dertien jaar, op dit moment voortvluchtig.

Wij spreken Augustine vrij. Zolang Joachim Nouseul onvindbaar blijft, zal niemand van haar aandeel horen.

We laten de kleine Oefele rustig onder dat beeld liggen. Het is een mooi graf. Als die twee blagen dat technisch goed gedaan hebben, zit Leopoldje keurig verstopt in cement.

Het probleem is het volgende. Zolang Joachim Nouseul onvindbaar is (en die is natuurlijk al lang en breed de Franse grens over gevlucht), kunnen wij hem beschuldigen en zelfs zonder keiharde bewijzen bij verstek veroordelen. Zou hij onverwacht opduiken, dan moeten wij bewijzen overleggen. Dat betekent dat we de aantekeningen van Augustine openbaar moeten maken. Dat houdt in dat Augustine medeschuldig is. Dan kunnen we haar niet meer de hand boven het hoofd houden, want een partijlid dat een vrouw in bescherming neemt die medeschuldig is aan de dood van de zoon van een ander partijlid: dat gaat echt niet. Maar voorlopig zitten wij goed en het lijkt me onwaarschijnlijk dat die Joachim Nouseul ooit opdaagt en roet in het eten gooit.

Morgen zullen wij Augustine aan de maaltijd uitnodigen en haar onze bevindingen meedelen. Voorlopig zwijgen wij over haar eigen notities, maar op datzelfde moment zal een van ons die notities van haar kamer halen en opbergen. Later zal zij ze missen en begrijpen waar ze gebleven zijn. Maar zolang wij zwijgen, zal zij dat ook doen. En tijdens die maaltijd morgen zal ze nog niet weten dat wij haar aantekeningen gelezen hebben.

Als zij slim is, en dat is ze, zal ze begrijpen dat onze conclusies merkwaardig gunstig voor haar uitpakken. Bovendien zullen wij duidelijk maken dat een verder leven in dit stadje voor haar moeilijk zal zijn.

Op dat moment sta ik op. Augustine zal ervan doordrongen zijn dat zij ons veel verschuldigd is. De geleerde doctoren Bril, Snor en Golfslag zullen er niet veel van begrijpen, want voor hen is deze zaak afgehandeld. Hadden we het over de toekomst van mij en Augustine gehad, zullen zij zich afvragen.

Ik zal aankondigen dat ik Augustine als vrouw mee zal nemen naar de hoofdstad, dat ik haar aan mijn huisraad zal toevoegen. Zij zal mij stomverbaasd aankijken. Zij niet alleen. Maar ik zal handhaven. Tegenover de lachende heren en de zwijgende Augustine zal ik een lyrische beschrijving geven van de plechtigheid. In de feestzalen van de partij zal ik staan in mijn feestelijkste kostuum. Naast mij de geüniformeerde dr. Bril, dr. Snor en dr. Golfslag als getuigen. Schuin voor mij, zodat wij allen zicht hebben op haar smalle rug en haar prachtige rondingen, de veertienjarige Augustine, gekleed in het stralend wit, wat alle aantasting ontkent, wat alle kuisheid, schroom en zuiverheid zal garanderen. In haar opstandige haren zal zij een kroon van zilveren ereprijs dragen, de dubia laus van een ontuchtige jeugd die zij achter zich laat. Haar jurk zal strak om haar heupen sluiten. Haar schoot is bedekt maar de contouren zijn zichtbaar en donderend zal de lof gezongen worden van de matrimoniale geneugtes. Haar borsten zullen gewaagd zijn opgebonden en besprenkeld met muskusgeur, zodat men mij zal benijden en tegelijk tijdens de feestelijke heildronk mij zal aanmoedigen haar te bespringen met de drieste moed van een bergleeuw en met de genadeloosheid van een oerrund. Haar sluier zal dicht zijn en tijdens de intro zwaar over haar gezicht vallen, maar na het jawoord, na haar klinkende toestemming om haar lichaam te betreden zal ik de sluier openscheuren en het betraand gezicht ontbloten en haar tonen aan de makkers van de partij.

Vanaf dat moment zal ik de vruchtgebruiker zijn van al haar gunsten. Ik kan eten van haar bord en drinken uit het glas dat zij mij voorhoudt. Ik kan de banden die zij draagt om haar kleren te strikken, losser of vaster aantrekken al naar gelang mijn luim.

Zij zal vanaf dat moment gekleed gaan in gewaagde dirndl-jurken. Zij zal mij en mijn vrienden de kannen reiken en van tijd tot tijd zullen we haar naakt opwerpen en zij zal vliegen als de duiven. Zij zal opwindend zijn als twintig van de mooiste meiden bij de zomerfeesten en verschijn ik met haar bij de tafels, dan zullen alle partijgenoten haar roemen.

Wie is die jonge meid, zal men vragen, die eruitziet als het ochtendgloren, die zuiver is als het vuur van de zon en die indruk maakt als de slagorden met de partijbanieren.

's Avonds zal ik haar rond laten lopen, slechts gekleed in een halssieraad en onder haar voeten de hoefjes van hinden gebonden en wild zal ik worden van de omdraaiingen van haar heupen en de ronde beker van haar navel.

Ach, Augustine, je zult het zwaar te verduren krijgen. Lichamelijk zal ik roofbouw op je plegen en je ziel zal ik ervaren als een verzegelde fontein. Maar tot troost dient opgemerkt te worden dat ik in staat ben tot beminnen. Ik ben een liefhebber. Ik ben tenslotte een aimabel man.

Achtste verhaal van Augustine
Het laatste verraad

Buiten de kerk kreeg ik een steuntje van dr. Golfslag, die misbruik van de situatie maakte en mij stevig tegen zich aan drukte. Hij bracht me naar de fontein en beduidde dat ik mijn gezicht moest opfrissen. Ik pletste slap mijn hand op de natte fonteinbodem en maakte mijn voorhoofd vochtig. Wat had ik prijsgegeven en wat kon ik redden van mijn onschuld? Ik probeerde zo weerloos mogelijk te zitten op de rand van het bekken.

Natuurlijk konden die twee kerels uit het blote feit dat ik bij het zien van die griezel was flauwgevallen, niet concluderen dat ik iets te maken had met dood en verderf. Het zwakke punt was dat de resten van Jan Chrysos mij vertrouwd moesten zijn. Als kind had ik vast dikwijls voor de schrijn staan griezelen. Zo'n mummie kon mij toch geen schrik meer aanjagen? Anderzijds viel het zeker vol te houden dat ik altijd de rechterkant van de kerk had gemeden, juist om iedere confrontatie met dat doorzichtige graf uit de weg te gaan. Als de heren mij met de neus op die glasplaat duwden, ja, dan kon zoiets gebeuren.

De straten en stegen hadden wel gezichten maar geen namen en ik moest de heren vaak corrigeren. Ik koos een snelle bocht, een slimmer steegje. Als teken dat er leven in het stadje was, ging op een verdieping een raam open. Er schoot een vlek zonlicht van links naar rechts en het huis brak in schelden uit.

'Vuile kleine slet. Smeerlap.'

Golfslag maande tot doorlopen; ik, de kleine slet zelf, deed net of het doodstil was gebleven. Een korte woordenwisseling tussen verschillende huizen klonk fel op. Dan een knal van het raam, zo hard dat wij op straat vreesden dat het glas zeilend in onze nek zou slaan. De schelle kreet direct daarna was onverstaanbaar.

Schedel stond met een ruk stil en draaide zich om. Even liep ik alleen, twee, drie passen vooruit. Ik moet een klein blond doelwit gevormd hebben. Golfslag drukte zich tegen de huizen van de overkant aan. Op dat moment spuugde een van de huizen een voorwerp uit, dat tegen mijn nek en schouders spatte: overwegend zacht, gevuld met harde of elastische onderdelen, scherpe randen, nat, glibberig. Ik rook een misselijkmakende lucht van bedorven vlees of van knolgewassen die te lang in vochtige grond hadden gezeten. Het gleed van me af en liet bruinrode vochtplekken achter. Ik durfde niet te kijken.

Natuurlijk was ik geschrokken, maar wat mij in golven overviel, was geen angst maar woede. Angst kende ik al. Angst voor de vierschaar; angst voor de vrachtwagens. Angst voor ontvoering. Angst voor zwangerschap. Die stomme bewoners wisten van niets en kletsten de roddels van elkaar na. Ik moest voor mezelf opkomen. Ik moest mijn eigen hachje redden. Die heren wilden de bevolking administratief in kaart brengen. Zodat duidelijk was wie bruikbaar was en wie tegenwerkte. Dan konden ze maatregelen nemen. En zij wilden weten waar de kinderen woonden. Om van de jeugd te profiteren. Zoiets moest het zijn. En ik moest ze aanwijzen. Ik moest alle adressen verraden. Mij best. Het moment was gekomen om die stomme bewoners dwars te zitten. Hadden ze mij maar niet naar Amorosi Bei moeten sturen.

Op het moment dat ik Amorosi Bei binnen liep, hoorde ik dat er ruzie was. Vreemde stemmen klonken in een heftige discussie met dr. Bril. De deur van de grote salon stond open en de beschuldigingen galmden kwaad door het gebouw. Schedel liep snel naar binnen en trapte de deur dicht. Golfslag grinnikte en overwoog ongetwijfeld hoe hij van deze gelegenheid gebruik kon maken. Golfslag was nu eenmaal in hoge mate onbetrouwbaar en zou geen kans voorbij laten gaan zijn gore dingen met me te doen. Maar toch had ik geen enkele behoefte me snel in veiligheid te brengen. Waar ging het over in de salon? Dat wilde ik horen en daar had ik zelfs de zwervende handen van Golfslag voor over.

De toegang tot de salon werd gevormd door een houten deur in brede lijst. De gesprekken achter die deur waren in de hal goed verstaanbaar. Het was dus belangrijk hier te blijven. Behalve het keukenkrukje stond er één stoel. Een tamelijk wankele, ijzeren constructie met een strakke zitting van een lap linnen. Golfslag lachte schaapachtig en bedacht misschien een voorstel om samen naar een kamer boven te gaan, waar ik de Golfslagdrift zou moeten opvangen en waar gehannes zou zijn met die warme, volvette uniformbroek. Precies op het moment dat dr. Golfslag zich omdraaide om de trap op te lopen, stapte ik opzij en gaf hem een venijnige, onverwachte duw. Hij viel op de krakende stoel. Zijn pafferig gezicht drukte de hoogste verbazing uit. De ruzie ging over kinderen, begreep ik. Golfslag rechtte zijn rug, zette zich af op de grond, wou opstaan. Ik achtte hem in staat mij bij een pols te grijpen en met ruw geweld de trap op te sleuren en een kamer in te trekken. In een opwelling draaide ik me half om en ik sprong pardoes op zijn schoot. Dr. Golfslag liet een geluid ontsnappen van grote verontwaardiging, kreunde omdat hij dieper en definitiever in de stoel zakte. De stoel dreigde uit elkaar te knallen, maar hield het na een angstige zwiep toch vol. Ik stootte mijn knie tegen het domme ijzeren leuninkje en achteraf bleek ik mijn heup opengehaald te hebben aan een gemene gesp, maar ik zat. Waar ik mijn handen moest laten, daar had ik geen idee van. Niet om zijn nek in elk geval, ook niet om steun te vinden. Dus trok ik met beide handen aan mijn jurk, waarvan de zoom verdedigd moest worden tegen zijn aalachtige vingers. Ik voelde tegen mijn dijen en billen en heupen de banden, de riem, de zakken, de harde voorwerpen waar ik niets van wilde weten. Golfslag sputterde, maar ik drukte mijn hand in zijn gezicht omdat ik alle aandacht wilde houden bij de ruzie in de salon.

Zittend op de broek van Golfslag, in wurmend gevecht met zijn bandplooien, zijn vingers en zijn ijzeren instrumentarium, probeerde ik op te vangen waar de ruzie over ging. Over de kinderen. Goed, maar verder? Over Joachim! Over Joachim, hoorde ik duidelijk. Maar dit moest Nouseul zijn! De ouders Nouseul die ruziemaakten! Die zomaar op straat waren gezet en moesten bivakkeren in kartonnen dozen. Juist op het moment dat ik verstond dat alle kinderen (alle!) van Nouseul spoorloos verdwenen waren, sloeg dr. Golfslag zijn arm om mijn bovenlijf en wel zo uitgekiend dat zijn hand precies op mijn linkertiet kwam te liggen. Ik kneep alle spieren in mijn lijf samen om mijn lichaam zo klein mogelijk te maken, liefst tot het vanbinnen stil afwachtend vruchtvlees vormde en vanbuiten een harde ondoordringbare bast. Hij dacht dat ik onderdanig genoeg zou zijn. Dat ik uit pure eerbied voor zijn galanterieën zou verstarren. Dat ik besefte dat ik als veertienjarige nietsnut niet opgewassen was tegen de macht van de partij en de overheid die hij vertegenwoordigde. Hij begon mijn borst te masseren. Maar ik was goddomme geen geit en met de hand die ik tegen zijn gezicht hield, gaf ik een zodanige ruk aan zijn neus en lippen dat Golfslag een onderdrukte kreet slaakte, zijn hand van mijn tiet trok en die boven op mijn hand legde om zo zijn gezicht te beschermen.

In de salon barstte dr. Schedel uit elkaar. Zo hard klonk zijn verwijt dat hij daar niets mee te maken had, dat zelfs Golfslag verstarde en wij twee, Golfslag met zijn leren broek en zijn pijnlijk scherpe riem en ikzelf, veertienjarig vruchtvlees, zaten doodstil boven op elkaar op een wankel stoeltje, alsof we op het punt stonden betrapt te worden door een woedende superieur.

Omdat een deur op een kier stond, ontdekte ik die avond de trap naar de zolderverdieping. Ik had gedacht dat zich achter die deur een kast of een kamertje bevond. Een van de verlaten kinderkamers van de Nouseuls. Toen ik de deur verder opentrok, zag ik de trap. Ik haalde een kaars uit mijn kamer en deed voorzichtig de deur dicht. De kaars woei bijna uit, de deur glipte me uit handen, maar het lukte. Ik stond op de trap, gangdeur dicht en kaars in de hand. Op dat moment meende ik boven iets te horen. Iemand liep daar. Of vergiste ik me en was het mijn eigen zenuwachtige hart? Lange tijd bleef ik halverwege de trap staan, mijn hand beschermend om de kaarsvlam. Daarna beklom ik een voor een de treden. Toen ik de zolder kon overzien, schrok ik van de ruimte. Er waren verschillende ramen, het witte licht van de maan viel binnen.

Terwijl ik op mijn tenen over die vlekkig verlichte zolder liep, zag ik niet al te ver van me vandaan een gestalte, even groot als ikzelf, in dezelfde voorzichtige houding, net als ik een kaars in de hand, afgeschermd met de andere hand. Ik bleef doodstil staan. Was een van die vier kwelgeesten naar de zolder gekomen? Of stuitte ik hier op een onbekende die een eenzaam leven op deze schuilzolder leidde? Ik dacht aan een gestorven boer die varkens in het stadje had gehouden en van wie verteld werd dat hij af en toe terugkwam om de varkens te kussen en ze moed in te spreken. Tot de ander een stap naar voren deed en ik tegenover Joachim Nouseul stond.

'Joachim, wat doe jij hier?'

'Ze zullen overal zoeken, maar niet hier. Dus ik dacht: ik klim mijn eigen huis in. Kijk, hier kan ik slapen. Het spook op zolder, dat ben ik dus.'

Het schoot door me heen dat mijn kamerdeur dicht was. Als ik hier op de zolder zou blijven, zou waarschijnlijk niemand dat merken. Dan moest ik alleen voor de ochtend terug zijn op mijn kamer.

Er lag een oude matras op de planken met enkele dekens.

'Die lagen er vroeger al,' zei Joachim, 'daar speelden we vaak op. Ik samen met Nikolaus en Melchior en Gottfried. Vroeger. Toen we klein waren. Dan speelden we galnootslaan of landjepik of stoempen.' Zijn stem was zacht. Het leek of hij nauwelijks nadacht bij wat hij zei.

Ik ging voorzichtig op de matras zitten.

'Hoe ver zijn ze met het onderzoek?' vroeg Joachim, die de kaars voorzichtig op de planken vastzette.

'Ze gebruiken mij als lokaas.'

'Aha.' Een nietszeggende kreet.

'Lokaas is niet het goede woord.'

Joachim hield zich muisstil.

'Ze lopen met mij door de stad. Ik moet vragen beantwoorden. Het kan me niet schelen.'

'Wat kan je niet schelen?'

Ik bleef even stil. 'Ik geef ze aan.'

'Hoe bedoel je?'

'Ze willen weten welke gezinnen kinderen hebben van onze leeftijd. Nou, die wijs ik aan. Niet alle kinderen, maar wel de zeuren en de ruziemakers en de onverschilligen. Het gaat erom de ouders een hak te zetten. Hadden ze mij maar niet moeten uitschelden. Zij hebben me hierheen gestuurd. Dus kan het mij verder niet schelen.'

'Ah.'

Joachim pakte mijn hand, en zo, zijn hand op mijn hand, bleef hij zitten. Ik vond het wel aangenaam. We zakten langzaam met de rug tegen de schuine balken.

'Jou zal ik niet verraden,' zei ik zacht. Dat meende ik. We hadden een afspraak. Hem verraden, dat deed ik niet.

Joachim leek het voor kennisgeving aan te nemen. Enige reactie hoorde er wel bij. Ik herhaalde mijn belofte.

'Jou zal ik niet verraden.'

'Dat hoop ik niet, nee,' zei Joachim. Hij had iets lacherigs ondanks de ernstige situatie.

Toen de familie Nouseul in dit huis woonde, was ik nooit binnen geweest. Bij de Nouseuls kwam je niet over de vloer. Daar waren ze te deftig voor. Nu de vier afgevaardigden er woonden en zich van mij meester hadden gemaakt, vond ik het heel normaal dat ik in het befaamde Amorosi Bei Huis samen met Joachim op een matras lag. De dienstbode en de jongeheer. Zoiets had het wel.

'Wat doe je precies, met dat aangeven?' Joachim sprak zacht; hij keek peinzend voor zich uit.

'Dat begrijp je toch wel. Ik wijs de huizen aan.'

'Waar kinderen wonen?'

'Ja natuurlijk.' Wat een slak. Wat had hij ineens? Hij kon toch wel sneller denken? Ik voelde de neiging mijn hand terug te trekken.

'Die bij het meer geweest zijn?'

Ik antwoordde niet meer. Maar omdat de situatie onprettig dreigde te worden en ik het enige vriendje dat ik op de wereld nog bezat liever niet kwijtraakte, zei ik bezwerend: 'Wees maar niet benauwd. Jou zal ik heus niet verraden.'

Het was stil buiten. Op het kleine plein voor Amorosi Bei liep op dit uur niemand meer. Er voerde één smalle steeg met een bocht naar het grote plein van Oefele en Blümml en een andere steeg liep langs de varkenshouderij van Yppold naar de rand van de stad. De zwijnen sliepen en de stadsbewoners sliepen.

'Wat hebben ze je allemaal gevraagd,' vroeg Joachim.

'Ze vallen me meer lastig dan dat ze iets vragen. Lichamelijk, bedoel ik. Ze grijpen mijn kont en mijn tieten.'

Stilte. Net toen Joachim een nieuwe vraag wilde stellen, voegde ik eraan toe: 'Ze hebben me meegenomen naar de kerk. Naar Jan Chrysos.'

'Wat moest je daar?'

'Ze dwongen mij naar dat verrotte lijk te kijken. Ik wist dat het er lag, maar als ik ooit in de kerk kwam, zaten de meisjes en de vrouwen gelukkig aan de linkerkant. Ik wilde het vroeger al niet zien. Ik geloof dat ik ben gaan gillen. Of ik ben flauwgevallen.'

Met mijn handen voelde ik de soepele warmte van de jongen naast mij. Ik schoof mijn handen voorzichtig over zijn lichaam.

'Maar je hebt niets over dat lijk gezegd? Of over lijken in het algemeen? Of over verdrinken? Of over begraven?'

Bijna plat lag ik op de matras, mijn ogen gesloten. Ik voelde hoe mijn hand zich tot een vuist balde en hoe ik zijn kleren greep. Omdat ook zijn huid tussen mijn vingers kwam, zei hij dat ik hem pijn deed. Ik ontspande.

'Er komt een dag,' zei ik zacht, 'dat ze precies weten waar die kinderen wonen. Dat hun administratie met behulp van mijn inlichtingen compleet is. Dan pakken ze een heleboel kinderen op en dan brengen ze die weg. En volwassenen die niet willen meewerken, pakken ze ook op.'

'Zover is het nog lang niet. Tot nu toe blijft het tamelijk rustig. Vreemdelingen laten ze ook nog met rust.'

Ik raakte in de war.

'Hoezo, vreemdelingen? Wat bedoel je?'

'Ik heet Nouseul.'

Daar begreep ik niets van. 'Wat heeft je naam er in hemelsnaam mee te maken?'

Het bleef even stil. Joachim gaf geen antwoord en zat duidelijk aan iets anders te denken.

'Hebben ze het over ons beeld gehad?'

'Welk beeld?'

Joachim schoot overeind en keek me vreemd aan. 'Wat gaan we nou krijgen? Toch niet ineens alles vergeten? Moet je luisteren. Wanneer hebben ze dat beeld weer teruggezet in de zaal? Eén week geleden? Twee weken geleden? De vraag is of ze iets ontdekt hebben. Ik denk het niet, want dan hadden we dat gemerkt. Aan Oefele. Die was rouwdiensten gaan organiseren. Maar een paar dagen daarna, na dat verplaatsen dus, kwamen die vier hier in de stad. Dat kan toeval zijn. Of niet? Wat denk jij? Ik denk het wel: toeval. Ze hebben vast niets ontdekt.'

Ik maakte een heel tenger gebaar van moedeloosheid. Ik was toch slachtoffer? Wat had ik met dat beeld van Joachim te maken? Leopold Oefele was teruggebracht naar de plaats waar hij thuishoorde. Wit en zwaar als marmer rustte hij uit op de matras; traag en nauwelijks zichtbaar ademend kon hij daar bijkomen van alles wat hem overkomen was. Daar had ik verder niets mee te maken. Joachim moest daar niet mee aankomen.

'Weet jij wie ik bedoel met dr. Golfslag?'

'Nee.'

'Die heeft mij op schoot getrokken.'

Joachim verstond het waarschijnlijk niet goed omdat hij net bezig was zijn bloes en hemd uit te trekken. Ik had zijn kleren zo scheef getrokken dat hij er last van had. Zijn bloes zat gedraaid, mompelde hij, en daarom trok hij zijn bovenkleding liever uit.

'Zo, dat zit gemakkelijker.' Hij keek me verlegen lachend aan. 'Denk jij dat zij een vermoeden hebben?'

'Wat voor vermoeden?'

'Dat wij ermee te maken hebben, natuurlijk. Weet jij of ze Anton hebben ondervraagd?'

Ik zweeg, hield mijn ogen zelfs gesloten.

'Anton is de enige die ons gezien kan hebben. Bij dit soort onderzoeken combineren ze altijd aanwijzingen.'

Ik bewoog nauwelijks, maar ik begon zo vastberaden te praten dat mijn stem bijna oversloeg.

'Er zijn aanwijzingen dat Golfslag mij zijn kamer in wilde sleuren. Dat Golfslag mij wilde dwingen. Dat Golfslag mijn jurk optrok. Dat Golfslag bij mij zijn gesp naar binnen perste. Het heeft weinig zin Golfslag te beschuldigen, maar als je aanwijzingen wilt: dat noem ik een aanwijzing.'

Het was er in één adem uit. Joachim schrok ervan. Toen ik weer stilviel, trok hij een grimas. Ik zag dat Joachim zich wou verdedigen. Ik draaide me half om en drukte mijn hand op zijn mond. Hij moest eerst luisteren. Dan mocht hij verder met zijn zogenaamde elegante woordenkraam.

'Die vier heb ik voor het gemak dr. Snor, dr. Schedel, dr. Golfslag en dr. Bril genoemd omdat ik hun werkelijke namen niet kan onthouden. Het zijn geen schertsfiguren. Dat bedoel ik er niet mee. Ze komen uit de hoofdstad. Ze vertegenwoordigen de partij. Of de regering. Dat is nu hetzelfde, geloof ik. Zit je die vier dwars, dan krijg je de hele horde over je heen. Ieder dorp, iedere stad waar zij door komen, moet gehoorzamen. Geen enkele burgemeester kan zich een protest veroorloven. Het is "ja, dr. Bril", "goed, dr. Schedel". Dus zitten die heren in dit stadje; wat willen zij precies? Dat weet ik. Alles in kaart brengen. Iedereen registreren. Ronselen. Dat willen zij.

Daar kon ik mooi bij helpen. Ik moest wel. En omdat ze mij in het stadje verrot scholden en mij met dood vee bekogelden en omdat ik hier door die vieze kerels bedreigd werd en van hand tot hand dreigde te gaan, heb ik meegewerkt. Ben ik alles en iedereen gaan verraden. Anders zouden ze mij wel even te grazen nemen en kopje-onder in hun rijbroeken hangen. En ze kunnen hun gang gaan. Reken maar. Geen haan kraait ernaar. Klachten van steden en dorpen worden niet gehoord. Nooit. Alleen wie bij de partij hoort, mag klagen.'

Ik was uitgepraat. Moegestreden. Ik wipte met mijn kont omhoog en schoof mijn jurk op zodat mijn broekje zichtbaar werd. Ik trok mijn jurk over mijn hoofd uit en rolde tegen Joachim aan. Ik dacht: ik zal jou eens verrassen. Ik zal jou eens wat laten zien. Ik heb het een en ander van Louise geleerd en daar mag jij van profiteren. Wedden dat jij dan doodstil wordt en beurtelings rood en bleek. Maar ondanks zijn aandacht voor mijn borsten, waar hij zijn ogen met moeite van af kon houden, was hij het kennelijk niet met mijn waarheid eens. Hij begon goddomme opnieuw te kletsen, terwijl ik hem toch uit alle macht en met alle middelen stil had willen krijgen.

'Liefie, die vier heren hier,' (wat was dat in hemelsnaam voor een idioot woord, liefie. Dat was een woord voor oude mensen; die konden elkaar liever noemen of liefie of zoiets, al meenden ze er niets van. Maar het had met mijn blote borsten te maken, waar hij voorzichtig aan voelde en omdat ik merkte dat hij het meende, ontroerde het mij, zodat ik er niets van zei) 'die vier vrijers van jou, die jij zo koddig dr. Schedel en dr. Krulhaar en dr. Weetikveel noemt, mogen zich misdragen hebben, maar waar ze voor gekomen zijn, is echt iets anders.'

'O ja?'

'Ja. Zeker weten.'

'Wat dan?'

Ik reageerde lijzig en getergd. Als waarschuwing. Dat hij stil moest zijn. Mij in mijn waarde moest laten. Als slachtoffer. Er zijn daders en slachtoffers. Ik was een slachtoffer. Joachim leek dat niet in de gaten te hebben.

'Zij onderzoeken de verdwijning van Leopold. Dat moet jij toch begrijpen. Als een kind verdwijnt, dan wordt er na kortere of langere tijd een onderzoek ingesteld. Daar zijn die vier voor. Blümml heeft hun komst geregeld. Zij moeten Leopold Oefele vinden, maar als ze hem nu nog niet hebben gevonden, vinden zij hem nooit. Daar zijn ze voor gekomen. Volgens mij op verzoek van Oefele zelf.'

Hij hield op. Wij lagen bijna naakt tegen elkaar aan.

'Ik kan niet alles vertellen,' zei ik. 'Maar dit weet ik wel. Oefele is onbelangrijk. Ze hebben Oefele ondergeschikt gemaakt. Ze verzamelen adressen. Ze leggen bestanden aan. De administratie van die lui is op-en-top in orde. Zij zoeken uit wat zij kunnen gebruiken.'

'Ja natuurlijk,' onderbrak Joachim, 'maar...'

'En wie ze kunnen gebruiken.' Nu liet ik me niet opnieuw het woord afnemen. Dit was mijn interpretatie. En die wilde ik ongeschonden overeind houden. 'Wie ze kunnen gebruiken, die nemen ze mee. Ik ben een slachtoffer van de vrachtwagens. Ik heb ze zien komen. Ik kan het weten. De anderen niet.'

Joachim kuste mij kuis en voorzichtig. Het was niet helemaal duidelijk of hij dat deed omdat we zo intiem naast elkaar lagen of omdat hij wilde dat ik eindelijk op zou houden met mijn verhaal. Ik voelde zijn buik en gleed met mijn hand voorzichtig naar beneden. Ik was nog nooit zo dicht bij iemand geweest, zo beangstigend dichtbij. Zelfs niet bij Leopold Oefele, de kleine die zo geweldig gedoken had in het meer. Die ik wel dicht tegen me aan had proberen te houden, maar met wie ik toch geen contact had gehad.

Morgenochtend zou ik teruggaan naar mijn kamer. Joachim zou nog slapen. Dat wist ik zeker. En bij het ontbijt zou ik de schuilplaats van Joachim verraden aan dr. Schedel en dr. Bril. Wel was zijn lichaam het enige deel van de werkelijkheid waar ik nog houvast aan had, maar zijn woorden gooiden alles omver. En omdat Joachim met zijn woorden hardnekkig vasthield aan zijn waarheid, die voor mij onverdraaglijk was, zou ik hem verraden.

Ik keerde me naar hem toe en bood me zonder reserves aan hem aan. Pakte zijn hand en schoof die voorzichtig naar het intiemste deel van mijn lichaam.